十津川警部 予土線《ローカル》に殺意が走る

西村京太郎

祥伝社文庫

目次

第一章　鉄道ホビートレイン　5
第二章　懸賞金　47
第三章　缶コーヒー　96
第四章　疑惑　130
第五章　愛と危険と　165
第六章　ジ・エンドへの道　200
第七章　最後の旅　233

本書関連地図
岡山
山陽新幹線
瀬戸大橋線
予讃線
土讃線
松山空港
松山
高知
高知龍馬空港
四万十川
宇和島
窪川
江川崎
予土線
(宇和島−窪川)
土佐くろしお鉄道
N

第一章　鉄道ホビートレイン

1

銀座《ぎんざ》×丁目の画廊で、四月一日から、沢村和牛《さわむらわぎゅう》の個展を開いていた。

日本画家の沢村は、「牛の沢村」といわれるように、好んで、牛を描《か》くことで知られていた。

しかし、今回の個展では、牛の絵は一点だけで、他は、すべて日本の風景を描いたものだった。ただ、一点だけの牛の絵が、ある意味で、客たちに強い印象を与え、「さすがに、牛の沢村和牛だ」と評判になっていた。

今までの沢村が描く牛は、おだやかな牛だった。人間と、協調している家畜としての牛だった。

ところが、今回の個展の牛は、どう見ても人間に対して、戦いを挑《いど》む牛だった。その絵の前に立ち、描かれた牛と向かい合うと、「寒気がした」「怖《こわ》かった」「眼が怖い」、という客が多かった。

真正面から、牛を描いていた。確かに、その眼は、優しい家畜のものではない。人間に挑んでくる猛獣の眼である。

二度目の日曜日も、その牛の絵の前に、人々が集まっていた。

画家の沢村和牛が、この日は、画廊に来ていたが、牛の絵の質問が多くて、疲れたのか、途中で、奥に引っこんでしまった。

午後になって、客の姿が少なくなったので、沢村が、奥から出て来ると、それを待っていたように、二十代の女性が、

「あの牛の絵ですけど――」

と、声をかけてきた。

沢村は、またかと、うんざりした気分で、

「ただの牛の絵ですよ」

乱暴に返事をすると、

「あの絵のモデルになった牛に会いたいんですけど、どこへ行ったら、会えるでしょ

う」

　と、きく。沢村は、少しばかり、女を、まともに見る気になって、

「どうして、あの絵にモデルがいると、思ったんですか？」

「沢村先生は、日本画でも、リアリズムを追究すると聞いていましたし、あの牛の眼は、想像で描けるものではないと思いましたから」

　と、女がいう。

「モデルになった牛を見に行って、どうされるんですか？」

「それは、私が考えることではなくて――」

　と、女がいい、そこに、大柄の男が、急に現われて、

「とにかく、見たいのですよ」

　と、いった。

「あなたは？」

「失礼しました。私は、こういう者です」

　男は、微笑しながら、名刺を差し出した。

〈世界《コスモ》興業　代表　東海《とうかい》　元《はじめ》〉

と、名刺には、あった。

「この女性は、私の秘書をやってもらっています」

と、その男が、いう。

沢村は、男の名前を、どこかで聞いたような気がした。かなり前の話である。

(ああ)

と、思い出した。

十年近く前のことだ。北朝鮮《きたちようせん》から、世界的に有名な女性歌手が、韓国《かんこく》に亡命したことがあった。その歌手を、どんな手を使ったのか分からないが、日本に呼んで、公会堂で唄《うた》わせたのが、確か、この東海元だった。

「四国《しこく》に、宇和島《うわじま》というところがあります」

と、沢村が、いった。

「闘牛で有名なところですね」

「その宇和島に、仁村《にむら》さんという農家の人がいるんですが、その人の持っている牛が、モデルです」

「しかし、宇和島の闘牛の牛とは、思えませんね。向こうの牛も、私は見たことがありますが、もっと、鈍重《どんじゅう》な感じですよ。あの絵のように鋭い感じはしないでしょう？」

東海が、いう。

「あの牛は、いわば変わりダネです。鈍重という牛の動きとはまったく違います。だから、描きに行ったんですよ」

「それはなおさら、会いたくなりました。宇和島の仁村さんですね？」

「仁村良吉《りようきち》さんです」

と、沢村は、いった。

2

画廊を出ると、外にとめておいたロールス・ロイスに乗り込む。秘書の山田真由美《やまだまゆみ》は、運転席にすわって、ハンドルを取る。

「四国の宇和島まで、どんなルートにしますか？　それが分かれば、今日中に、切符の手配をしておきます」

と、真由美が、リア・シートの東海に、声をかけた。

東海は、小型の時刻表を見ながら、

「新幹線で、岡山《おかやま》まで行き、岡山からは、高知《こうち》へ出て、そのあとは、窪川《くぼかわ》から予土線《よど》で、宇和島へ行く。そうだ。予土線には、鉄道ホビートレインという列車が走っているから、それに乗る。午後早くのホビートレインだ」

「明日《あす》の切符ですね？」

「いや。明日は、他に用があるから、明後日《あさって》にしてくれ。今日は、このまま、帰るから、六本木《ろっぽんぎ》まで、送ってくれればいい」

と、東海は、いった。

真由美は、六本木のマンションまで、東海を運んだあと、東京駅に向かった。

明後日、四月十一日の切符の手配のためである。

彼女が、東海元の秘書兼運転手になって、三年になる。

だが、今も、東海元を完全に理解したとは、いえなかった。分からない部分が多いのだ。

考えてみれば、東海との出会いからして、奇妙だった。三年前の九月十日の夕方、真由美は、帝国《ていこく》ホテルのロビーで、ひとりで、コーヒーを飲んでいた。

その日の午後、ホテル内の広間で開かれた知人のパーティに出席し、そのあと、時間つぶしに、ロビーで、コーヒーを飲んでいたのである。

　午後七時を過ぎた頃だった。

　突然、背の高い男が、彼女のテーブルにやってきて、向かい側に腰を下ろしたのである。

　微笑しながら、

「すいませんが、緊急避難させてください」

　と、いった。真由美は、とっさに、男のいっていることが分からず、

「え？」

　と、いうと、

「実は、会いたくない人間に、ぶつかってしまいましてね」

　男は、コーヒーを注文した。

　真由美は、少しずつ、事情が、分かってきた感じがして、

「それは、女性なんでしょう？」

「分かりますか？」

「やっぱり」

　と、真由美も、笑ってしまった。

このあと、男が、名刺をくれたので、真由美も自分の名刺を渡した。

すると、翌日、男から、電話が、かかってきた。昨日《きのう》、ご迷惑をおかけしたので、おわびに、夕食にご招待したいというのである。

当時、真由美は、大会社のOLだった。安定した生活だったが、面白《おもしろ》みのない会社でもあったから、その招待に応じた。

帝国ホテルのフランス料理の、しかも、個室での食事だった。東海元は、ホテルの、会員なので、その店の個室を利用できるのだと知った。

驚いたのは、食事の途中で、東海が、突然、英語で自分の仕事の説明を始めたことだった。それは、仕事の説明というより、真由美の英語力を試している感じだった。

幸い真由美は、三年間、アメリカに留学していたことがあったので、東海の言葉を理解し、英語で答えた。

東海は、嬉《うれ》しそうに、拍手《はくしゅ》し、日本語に戻って、いった。

「秘書が辞《や》めてしまって、困っているのです。私の仕事は、世界中を相手にするので、秘書は、英語ができないと困ります。その点、合格です。いかがですか？　私の秘書になっていただけませんか？　興行そのものは、タッチしなくていいです。現在の収入の二倍は、保証しますし、楽しい仕事ですよ」

突然の話に、あの時は、驚き、迷ってしまった。ただ、その頃の仕事は、安定はしていたが、退屈でもあった。

この時、真由美が、知っていたのは、東海元という男は、一匹狼《いっぴきおおかみ》の「呼び屋」という噂《うわさ》だった。少しばかり怖いが、楽しそうでもある。その時は、考えさせてくださいといって別れたが、東海の押しに負けた形で、その申し出を受けることになった。

それから、三年、二倍の給料は本当だったし、仕事は、楽しかった。

東海は、引退した国際的なピアニストを、スイスまで出かけて、引っ張り出したり、アフリカから、マサイ人を十人連れて来て、テレビに出演させたりもした。

仕事の面での不満はなかった。が、不思議《ふしぎ》なのは、三年間、一緒に働いていながら、東海元に、分からない部分があると、いうことだった。見せない部分と、いってもよかった。

東海元は、六本木にマンションを持っている。そこに迎えに行くこともあるのだが、絶対に、部屋に通そうとはしなかった。

仕事の話は、いつも、帝国ホテルの決まった部屋が、使われた。世界興業《コスモ》には、何人の社員がいるのかも、真由美は、分からなかった。「仕事に応じて、専門家を集めるんだよ」と、東海は答えてきたから、その言葉を信じるより、仕方がなかった。

今回、沢村和牛の絵のモデルになった牛を、宇和島まで見に行きたいので、切符の手配をするようにいわれた。

普通に考えたら、松山《まつやま》まで、飛行機で行くのが、一番早いと思うのだが、東海は、新幹線と、土讃《どさん》線を通って、午後のホビートレインを、使いたいという。その説明はない。いつものことなので、真由美も、説明を求めたりはしないが、時には、なぜ、こんなルートを選ぶのか、首を傾《かし》げることもあった。

今回は、東海のいうホビートレインというのが、分からなかった。

時刻表の「予土線」の下りを見ると、一日、三本のホビートレインが、窪川から、終点の宇和島まで、走っている。

九時四〇分、一三時二四分、一八時四三分の三本のホビートレインである。と、いっても、他に四本しか、窪川発、宇和島行はない。

東海は、午後になってすぐのホビートレインといっていたから、一三時二四分の列車だろう。

その列車に合わせて、岡山へ行く新幹線、岡山から、高知行の特急の切符も手配しなければならない。

東京駅の旅行会社で、切符を買うことにして、窓口でホビートレインのことをきくと、写真を見せてくれた。

たった一両だけのディーゼルカーである。が、写真を見た途端に、真由美は、笑ってしまった。車体を、新幹線と同じ、白と青のツートンカラーにして、正面に、新幹線の覆面《ふくめん》を、かぶせているのである。それも、初期の、〇《ゼロ》系新幹線に、似せてあるという。間違いなく、〇系新幹線のダミーである。

予土線の観光列車は、この、新幹線に似せた「鉄道ホビートレイン」の他に、トロッコ列車の「しまんトロッコ」、模型メーカー海洋堂《かいようどう》の製品が展示された「海洋堂ホビートレイン」が、あるという。

とにかく、可愛《かわい》らしいとしか形容できない。

（東海社長は、この可愛らしいホビートレインに乗りたいのかしら？）

と、思うと、自然に、笑顔に、なってしまう。

しかし、新幹線で岡山、岡山から特急「南風《なんぷう》」の高知経由で窪川、窪川から、予土線のホビートレインで、宇和島までと考えていくと、時間が、合わなくなってしまった。

このルートだと、岡山発八時五一分の特急「南風3号」に乗らなければならないのだが、東京を、一番早い六時〇〇分発の「のぞみ1号」に乗っても、岡山着は九時〇九分になってしまうのである。

そこで、真由美は、東海に電話をかけた。

「新幹線、特急『南風』、それから予土線のホビートレインでは、東京駅始発でも無理があります。一三時二四分窪川発、宇和島行のホビートレインには、間に合いませ
ん」

「その次のホビートレインは、何時だったかな」

「一八時四三分窪川発で、宇和島着は二〇時四四分です」

「それでは、まわりは、真っ暗だろう。ホビートレインにする意味がない」

「しかし、一三時二四分窪川発のホビートレインに乗るためには、岡山発八時五一分の『南風3号』に乗る必要があるんです」

「次の特急は、何時発だ?」

「岡山発一〇時〇五分の『南風5号』ですが、これは高知までしか行きません。その次の『南風7号』は、高知で乗り換《か》えですが、窪川着が一四時五三分で、ホビートレインには間に合いません」

「弱ったな」

と、電話の向こうで、呟《つぶや》いてから、

「君は、明後日の八時五一分までに、岡山駅に行けるか？」

「明日中に岡山まで行き、一泊すれば大丈夫です」

「それでは明後日の朝、岡山駅の中央改札に『南風3号』に間に合うように来てくれ。岡山から先の切符は、買っておいてだ」

「分かりました」

　と、真由美は、いって、電話を、切った。

　別に、面倒くさいとも、思わなかった。このくらいの東海のわがままは、よくあるからである。ただ、子供の喜ぶ鉄道ホビートレインのようなものに拘《こだわ》ったのは、初めてだった。

　真由美は、次の日、岡山行最終の「のぞみ133号」に乗った。

　二〇時三〇分東京発である。

　途中で眠ってしまい、眼を覚ました時は、新大阪《しんおおさか》を過ぎていた。

　岡山着は、二三時五七分である。予約しておいた駅近のホテルに入った。急に予定が変わっても、平気なのは、独身の気安さだろう。

　翌朝、ホテルで、朝食を済ませてから、岡山駅に行くと、中央改札の前に、東海は、先に来て、待っていた。

いつも、元気のいい顔なのだが、今日は、少し、眠たげな表情だった。

「南風3号」のグリーンの切符を渡しながら、

「少し、しんどそうですね？」

と、声をかけると、

「大丈夫だよ。少し、寝過ぎたのかもしれないな」

という返事が戻ってきた。

「南風3号」のグリーンに、並んで腰を下ろしてから、

「これ、差しあげます」

と、真由美は、出発前に買ったホビートレインの鉄道模型を、差し出した。

「おッ。これだよ。これだ」

と、東海は、少し異常なくらい、嬉しそうな声をあげた。

「この鉄道模型がほしくて、探したんだが、なかなか見つからなくてね。ありがとう」

「私も、ホビートレインの意味が分からなかったんですけど、写真と、この模型を見て、なぜ社長が、お好きなのかが、分かりました」

「そうだろう。そうだろう」

と、繰《く》り返している。

そのうちに、列車は、轟音《ごうおん》を立てて、瀬戸《せと》大橋の鉄のトンネルを渡り始めた。

四国に入ったところから、名所、旧蹟《きゅうせき》が始まる。

真由美は、数年前、女友だちと、四国を旅行したことがあった。

坂本龍馬《さかもとりょうま》のドラマが、有名になった頃で、それもあって、高知行の「南風」に乗ったのだが、四国に入ると、空海《くうかい》（弘法大師《こうぼうだいし》）のふるさとや、讃岐《さぬき》の金毘羅《こんぴら》さんがあって、二人で途中下車してしまったものだった。

東海は、あまり、車窓の景色に興味がないのか、ホビートレインの模型ばかり眺《なが》めていたが、急に、「ちょっと、電話してくる」といって席を立った。

大歩危《おおぼけ》小歩危《こぼけ》の名所が、現われる。窓の下に、吉野川《よしのがわ》の急流が眼に入る。しかし、東海は、時々、電話をかけるといっては、席を立った。

落ち着いたのは、高知を過ぎてからだった。

3

一二時四七分、窪川に着いた。

一三時二四分発のホビートレインまで、三〇分ある。こんな時、いつもの東海なら、駅を出て、その周辺を歩くのだが、今日は、駅の中を、見て廻《まわ》ってから、

「ホビートレインには、トロッコ車両が連結されているそうだ。そっちのほうは、座席指定券がいるから、買っておいてくれ」

と、真由美に、指示した。

真由美は、あわてて、窓口で、トロッコ車両の指定券五一〇円を、二枚買った。窓口の話では、三月下旬から十一月まで、貨車を改造したトロッコ車両を連結するのだという。

列車が入ってきた。なるほど、〇系新幹線を真似《まね》たホビートレインに、トロッコ車両が、連結されている。

ウィークデイのせいか、それほど、混んではいなかった。

真由美は、まず、ホビートレインの座席に腰を下ろした。

前方の四席が初期の新幹線の座席になっているのだが、たちまち、子供たちが、占領してしまった。

列車が動き出す。

予土線の起点は、正確には次の若井《わかい》駅である。窪川から若井までの一駅区間だけが

ＪＲではなく、土佐《とさ》くろしお鉄道で、ＪＲが借りているのだ。

「ちょっと、トロッコのほうも見てくる。君は、ここにいなさい。このコーヒー、どうかね」

と、いって、東海は、真由美に缶コーヒーのふたを廻して開けて渡し、席を立った。

それを見送ってから、真由美は、缶コーヒーに口をつけ、窓の外に眼をやった。日本随一《ずいいち》の清流といわれる四万十川《しまんとがわ》が見えた。予土線は、全線の半分くらいが、四万十川に沿《そ》って延びているという。

そんなことを考えているうちに、眠くなってきた。南国四国の四月である。

しばらく、我慢していたが、とうとう、眠ってしまった。

肩を叩《たた》かれて、気がつくと、東海が、笑っていた。あわてて、「申しわけありません」と、いうと、

「仕方がないよ。春だし、四国だからね」

「今、どの辺《あた》りですか？」

「もうすぐ、高知県から愛媛《えひめ》県に入るところだ」

という。

「それなら、だいぶ、来ましたね。宇和島は、愛媛県ですから」

と、真由美は、いった。

終点、宇和島着。

何気なく、真由美が、腕時計に眼をやって、「あれ？」と、思った。

宇和島着は、一五時三四分、午後三時三四分のはずなのに、三時四〇分になっていたからである。

「少しおくれたみたいですね」

と、真由美が、いった。

「そうか。気がつかなかったが、それなら、すぐ目当ての、農家に、行こう」

と、東海はいい、タクシーを拾うと、

「牛主《うしぬし》の仁村良吉さんの家にやってくれ」

と、運転手に、いった。地元でも、有名らしい。

市営の闘牛場の近くを通る。

三〇分ほどで、目指す、仁村家に着いた。

当主の良吉に会うと、東海は、せっかちに、

「牛を見せてください」

と、いった。仕事では、東海は、せっかちである。

牛舎《ぎゅうしゃ》を見せてもらう。

一頭の牛が、入ってきた人間たちを、じっと見つめた。

「いい眼をしている」

と、東海が、呟いた。

「眼が怖いという人もいますよ」

と、仁村良吉が、いう。

「闘牛の成績は、どうなんですか？」

横から、真由美が、きいた。

日本の闘牛は、牛と牛同士が戦う。

「一回勝ちました」

「一回だけですか？」

「一回勝って、そのあとは、睨《にら》み合った途端に、相手が逃げてしまうんで、試合に、ならないんです。牛にとっても、こいつの眼は、怖いんじゃありませんかね」

「――」

東海は、黙《だま》って、その牛を見つめていたが、

「この牛、売りませんか?」

と、突然、いった。

相手は、「え?」という顔で、

「買って、どうするんです?」

「この牛は、牛同士を、戦わせる、日本式の闘牛には向かないんでしょう?」

「今のところは、相手が見つからなくて、困っています」

「それなら、私に売りなさい。この牛は、宇和島というところには、おさまらないんですよ。いや、日本という器《うつわ》にもです。だから、私が世界の闘牛に育て上げたい。その自信は、ありますよ」

東海は、急に、雄弁に、なった。いつもの通りだった。一度、乗ってくると、止まらないのだ。

仁村良吉が、迷っていると、東海は、相手の肩を抱くようにして、

「部屋に戻って、商談に入りましょう」

と、有無《うむ》をいわせず、部屋に戻っていった。

家族も出てきた。

「強い闘牛に育てようとしてきたので、いろいろと、金を使っています」

たからだろう。

真由美は、東海が、ニヤッとするのを、見た。二人の話から、売る気はあると、見

と、老父がいう。

「これから、もっと強く、なるかもしれんよ」

と、良吉がいった。

「苦労して育てたことは、よく分かりますから、希望する値段をいってください」

と、東海が、いった。

当主を中心に、妻、老父、それに息子が、顔を突き合わせて、話し合いを始めた。

「買った時の値段が、一千万だったからな」

「今日まで育てるのに、一千万以上、かかってるよ」

「それは、売りたくない気持ちも、ある。苦労して、育てたからな」

そんな声が、聞こえてくると、東海は、真由美に、

「カバンから、小切手帖を出してくれ」

といった。

それに、東海は、万年筆で、数字を書きつけてから、

「値段は、決まりましたか?」

と、声をかけた。

「子牛の時に買って、今まで、苦労して、育てたんだからね。三千万は、いただかんとね」

と、良吉は、いった。

東海は、ニッコリして、

「皆さんの愛情も、値段の中に入れましょう」

といって、小切手を、相手に渡して、

「それで、どうでしょう?」

「五百万か?」

「いや、五千万です。今まで、皆さんが、大事に育ててくれたことへのお礼も入っています」

と、東海は、いった。

良吉たちは、その金額に、顔を見合わせている。

「明日にでも、その小切手が、ホンモノかどうか調べてください。納得されたら、領収書を書いてください。われわれは、今夜は、この宇和島に泊まります」

と、東海は、ニッコリした。

すでに、問題の牛は、手に入ったという顔だった。

宇和島には、ホテルも旅館もある。その日は、海辺にあるホテル宇和島に、泊まることにした。

夕食は、そのホテルの中で、取った。

東海は、ビールをとり、

「乾杯しよう。あの牛は、もう、われわれのものだ」

「あの牛で、何をなさるんですか？」

と、真由美が、きいた。

「世界と、闘牛をするんだ」

「スペインに、売るんですか？」

「そんなことはしない。日本の牛を買うとは、思えないからね」

「それは、分かりますが」

「それに、スペインでは、牛を殺すのは、動物虐待《ぎやくたい》だと抗議されて、最近は、弱っているらしい。そこで、闘牛士を、日本に、呼ぶんだよ」

「でも、日本で、闘牛興行を、やったら、同じ批判を受けるんじゃありませんか？」

「まず、昔からの日本の闘牛はやらん。牛とマタドール（闘牛士）を、対等に戦わせるんだ」

「どんなふうにですか？」

「あの牛と、マタドールを戦わせ、もし、マタドールが、勝ったら、高額の賞金を出す」

「どのくらいですか？」

「そうだな。一億円なら、マタドールは喜んで、やってくるだろう」

「でも、一回で、マタドールが勝って、あの牛が死んでしまったら、大損になりますよ」

と、真由美が、心配した。

「スペインの闘牛は、カポテというピンク色の布で牛をあしらい、ピカドールが、馬上から牛の肩を槍《やり》で突いて血を流させ、次に、パンデリリエロが銛《もり》を肩に突き刺し、最後に主役のマタドールが、左手にムレタと呼ばれる赤い布を持ち、右手の剣で、頸《けい》椎《つい》から心臓を貫《つらぬ》くように刺すんだ。もちろん、ここまでは、やらせない。剣や槍は、先を丸め、カラーをつけておいて、牛のからだに、そのカラーがつけば、マタドールの勝ちとするんだよ」

「それで、一億円ですか？」

「あの牛はね。簡単に、人間には、負けないよ。だから、五千万で買ったんだ。誓ってもいいが、あの牛は、勝ち続け、世界が注目する。この興行は、間違いなく、成功するよ」

と、自信満々に、東海が、いった。

食事が終わって、それぞれの部屋に、引きあげる時になって、真由美は、食事中、ずっと気になっていたことを、きいた。

「私が差しあげたホビートレインの鉄道模型を、今も、お持ちですか？」

東海が、宇和島に着いてから、一度も、取り出していないことが、気になっていたのである。

「あっ、あれか」

と、東海は、急に大声をあげ、ポケットを捜《さが》し始めた。

「どこかに、入れておいたんだが——」

「いいんです。東京に戻ったら、もう一度、買って、差しあげますから」

と、真由美は、笑っていった。

それでも、自分の部屋に入り、ベッドに横になると、気になった。

値段ではなかった。新幹線や、特急列車は、いくらでも、鉄道模型が売られていた。しかし、ホビートレインの鉄道模型は、なかなか見つからないので、真由美は、かなり、探し歩いて、手に入れている。

東海は、どこかに入れたが、分からなくなったといっているが、どうも、信じられなかったのだ。

真由美は、岡山で、「南風3号」に乗り込んでから、鉄道模型を、東海に贈ったのだ。彼は、大喜びしたあと、ポケットに入れた。それを、真由美は、見ている。だが、このホテルでの食事の後、東海は、ポケットを捜している。しかし、ポケットは、ふくらんでいなかったから、捜すまでもなく、入っていなかったのだ。

ホビートレインには、トロッコ車両が連結されていた。

東海は、真由美が、居眠りしてしまう前に、トロッコ車両を見てくるといった。列車には、子供も、四、五人乗っていたから、東海は、鉄道模型を、その子供の一人に、あげてしまったのかもしれない。

（それなら、正直にいってくれればいいのに）

と、思ったが、そのうちに、たかが、一つの鉄道模型に拘っていることが、バカらしくなってきた。

眼を閉じると、一日の疲れが出て、すぐ、眠ってしまった。

4

ホテルで、朝食をすませると、真由美は、秘書らしく、仁村良吉に、電話をかけた。

嬉しそうな声が、はね返ってきた。

「今、銀行に、行って来ました。東海さんが、いわれたように、確認して、一千万だけ、現金化してきました」

「それでは、あの牛を、売ってくださるんですね？」

「もちろんです。東京まで、どう運んだらいいのか、その相談をしましょう」

と、良吉は、いった。

五千万円は、高すぎると、真由美も思う。が、東海は、その値段も、宣伝に使う。

二人が、仁村家で、当主の良吉と話していると、東京から、三人の芸能記者が、やってきた。

東海が、電話しておいたのである。彼らは、東海に会うと、異口同音《いくどうおん》に、

「五千万の牛、見ましたよ」

ろう。

「さすがに、五千万の牛で、堂々としてますね」

と、いった。これで、スポーツ紙や、週刊誌の、タイトルは、「五千万」になるだ

翌日になると、大型の家畜運搬車が、やってきた。

真由美は、いつも、不思議な気がするのだが、普段の世界興業《コスモ》は、社長の東海元と、秘書の真由美の二人しかいないように見える。

それが、一つの興行が始まると、突然、数人の男女が、集まってくる。その一人一人を、東海から紹介されたことはない。さまざまな分野のプロだということは、見ていて分かるのだが、その経歴について説明されたこともなかった。

最初は、真由美のほうから話しかけたり、いろいろと、質問を浴びせかけたりしていたのだが、途中でやめてしまった。

なぜか、誰も返事をしなかったし、社長の東海は、

「興行ごとに、新鮮な気持ちで集まるんだから、名前や住所なんか、細かいことは、知らないほうがいいよ」

と、いう。

それでも、興行が終わって、全員で写真を撮《と》るような時、真由美は、なぜかその中

に入れてもらえなかった。

「君は、私の個人秘書で、正式なグループの一員じゃないから」

と、東海に、いわれてしまった。

確かに、まだ三年だから、世界興業《コスモ》の人間としては新人かもしれないのだが、それでも、何か差別されているような感じはした。

集まったメンバーは、さすがに、素早かった。いつの間にか、都内にあった豪邸を一年間、借り、本部にした。そして、広い庭の一角に牛舎を作り、宇和島から運んだ牛を入れた。

牛の命名式が、盛大に行なわれた。こういうところに、東海は、金を惜《お》しまない。

マスコミや、芸能人が呼ばれた。

その他、闘牛が行なわれているスペイン、ポルトガル、中南米の大使も招待したが、こちらのほうの交渉は、真由美の仕事だった。

牛の名前は、宇和島では、「春風号《はるかぜ》」と呼ばれていたが、新しく、東海が名付けたのは、

「フジヤマ号＝世界一の強者《つわもの》」

だった。

そのあと、パーティになった。

金をバラまいたので、スペイン大使や、ポルトガル大使などが、夫妻で出席した。

フジヤマ号と対決するマタドールを募集していること、勝者には、一億円の賞金が支払われることが、発表された。

発表パーティの最後には、広い庭園の中に、円形の柵が設《もう》けられ、その中で、フジヤマ号が、出席者に紹介された。

しかし、ただの紹介ではなかった。伊豆《いず》山中で、中年のハイカー二人を突きとばして、重傷を負わせた猪《いのしし》が、檻《おり》から引き出されて、フジヤマ号に向かって、けしかけられたのである。

二〇〇キロはあるだろうと思われる野猪《のじし》だった。

恐れを知らぬ野猪は、フジヤマ号に向かって、文字通り猪突《ちょとつ》した。

低く構えたフジヤマ号は、大きな角《つの》で下から突きあげた。野猪は、宙を飛び、近くの池に落下した。

見守る人々から、拍手が生まれた。

このパーティは、新聞、テレビに、大きく取りあげられた。


世界のマタドールよ。フジヤマ号との対決を望む。

懸賞金は一億円。

世界最強の雄牛といわれるフジヤマ号。

5

宣伝ポスターには、写真でなく、沢村和牛の絵が使われた。そのために、画家の沢村には、使用料として、一千万円が払われた。

スペイン語とポルトガル語のポスターも、大量に作られ、それぞれの大使館を通して、本国に送られた。

この宣伝だけでも、何億円も、使われたろうと、真由美は、思った。

不思議で、仕方がないのは、東海元の資産のことだった。もちろん、彼女は、東海が、いったい、いくらの個人資産を持っているのか、知らなかった。

東海の個人秘書になってから、四回の大きな興行が打たれている。成功したものもあれば、失敗したものもある。しかし、いつも、莫大《ばくだい》な宣伝費を使うから、成功した興行でも、赤字ではないかと心配してきた。

それで、真由美は、一度、東海にきいたことがあった。

「社長は、いったい、いくらぐらい資産をお持ちなんですか？」

と、である。

その時の東海の返事は、こうだった。

「私のおやじが株屋でね。めちゃめちゃに儲《もう》けて死んでね。私は、これといった係累《けいるい》がないから、おやじの残した財産を使いきって、死のうと思っている」

笑いながら、いったのだ。

それ以後、真由美は、同じ質問を、していなかった。

パーティの五日後、最初のマタドールが、名乗りをあげた。スペイン人の、マタドールだった。

名前は、カルロス。母国の前の国王と同じ名前である。

「スペインでは、ナンバーワンの名士だそうで、スペイン大使が、わざわざ成田《なりた》空港に迎えに行くといっている。こちらからは、君が、迎えに行ってくれ」

と、東海がいい、カルロスの写真を見せてくれた。中年の美男子だった。

スペイン大使館に寄って、大使と一緒に成田に迎えに行く。

真由美が外出の支度《したく》をしていると、

「ああ、そうだ」

と、声をかけてきた。

「先日の宇和島行の時、君が、わざわざ手に入れてくれた、ホビートレインの模型だがね。失《な》くしてしまったと思っていたが、見つかったよ」

と、いって、それを、ポケットから出して、見せた。

「あったんですか」

と、真由美も、自然に微笑すると、

「列車の中で、バッグに入れたのを、忘れていたんだよ。私も、少し、ボケたかな」

と、いう。

「思い出したんですから、ボケてませんよ」

真由美は、軽くお世辞《せじ》をいって、待たせておいたタクシーに乗り込んだ。

スペイン大使館で、大使と一緒になり、成田に向かった。

マタドールのカルロスは、一四時三〇分成田着のエール・フランスで来日する予定になっていたが、三、四〇分、到着が、遅れるという放送があった。

それを聞いているうちに、真由美は、急に思いついたことがあって、大使に、

「すぐ、戻ります」

と、断わって、席を立った。

実は、予土線で、宇和島に行く時、東海がホビートレインのことを強調したので、旅行前に、その鉄道模型を手に入れて、プレゼントしたかったのである。ところが、玩具店《がんぐてん》や模型店には売ってなかった。大手の会社が、ホビートレインの鉄道模型を製造していなかったからである。

こんな時、妙に、意地になるところが、真由美にはあった。調べて、成田空港の日本みやげのコーナーに置いてあるらしいと分かって、あの時、この成田空港に来てみたのである。

その時を思い出して、真由美は、日本みやげのコーナーに、行ってみる気になったのだ。広いところの端《はし》の小さな場所で、列車の模型が、売られている。

そこで、ホビートレインの鉄道模型が、二台だけ見つかって、その一台を買ったのである。

今日、来てみると、残りの一台がなくなっていたが、誰が買ったかは、分からな

い。

真由美は、そこにいた女性の売り子に、

「ここにあったホビートレインの鉄道模型ですが」

と、声をかけた。

「申しわけありません。在庫がないんですよ」

と、いう。

「確か、前には、二つありましたけど」

「昨日、最後の一台が売れました。あの模型は、めったに売れないんですけどね」

「じゃあ、どんな人が買ったか、覚えていますね？」

「ええ。名前は知りませんけどね」

「男の人ですか？」

「ええ、背の高い男の方ですよ。五十歳くらいですかね。お孫さんにでも、お買いになったんじゃありませんか」

「他に、覚えていることありませんか？　私の叔父のような気がするんですけど」

と、真由美は、粘《ねば》った。

「黒っぽい服で、同じ黒い帽子を、かぶっていらっしゃいましたよ。それがよく、似合っていらっしゃって」

（東海社長かもしれない）

と、思いながら、

「そうですか」

「ああ、それから歌舞伎《かぶき》のＫ・Ｉさんに、感じが似てましたよ。私は、Ｋ・Ｉさんのファンなもので、一瞬、Ｋ・Ｉさんかと、間違えてしまったんですよ。それで、覚えているんです」

（間違いなく、東海社長だ）

と、真由美は、判断した。

（私が気にしていると思って、東海社長は、昨日、ここまで来て、新しいホビートレインの鉄道模型を買い、見つかったと、嘘《うそ》をついたのだろうか？）

6

エール・フランスから降りて来たスペイン人マタドールのカルロスは、小柄な男だった。小柄で敏捷《びんしょう》な感じの男である。

スペイン大使と、あいさつしてから、真由美に向かって、

「世界興業《コスモ》の方か？」

と、きいた。英語だったので、真由美は、ほっとしながら、

「社長は、スペイン一のマタドールに来ていただけたと、大変、感激しております」

「今日は、まずホテルにご案内してから、夕食をご一緒したい。家内も、あなたの大ファンで、ごあいさつしたいと申しております」

と、大使が、カルロスに、笑顔で話しかけている。

車で、カルロスは、大使館に入り、真由美は、帝国ホテルで待っている東海に報告するために、別れて、ホテルのロビーに向かった。

まず、カルロスの印象を話してから、

「今日は、大使館主催の歓迎会で、そのままホテルに、入るそうです。明日になったら、何よりも先に、対決するフジヤマ号を見たいといっています」

「それでなくちゃ困る。観光気分で、日本に来られたら、この興行は、失敗するに決まっているからね。明日は、君が、ホテルに迎えに行って、本部まで、案内してくれ」

「そのつもりです」

と、いってから、真由美は、

「社長は、歌舞伎役者のK・Iに似ているといわれたことは、ありませんか」

と、きいた。

本当は、別の質問をしたかったのだ。が、口に出しかけて、やめてしまった。何か、わけもなく、怖くなったからである。

予想したとおり、東海は、微笑した。

「二、三回いわれたことが、あるよ」

翌日、約束した時間に、真由美は、カルロスを、ホテルに迎えに行った。

昨日は、背広姿だったのに、今日は、マタドールの正装だった。

真由美が、その理由をきくと、カルロスは、ニコリともせずに、

「対決する、フジヤマ号に、マタドールの正装を見せておきたいのだ」

と、いった。

豪邸を借りた本部に着いて、社長の東海とあいさつを交《か》わしたあとも、

「とにかく、フジヤマ号を見たい」

と、いう。

東海が牛舎に案内すると、今度は、フジヤマ号と、一対一で、しばらく、ここにい

たいといい出した。

仕方なく、カルロスだけを牛舎に残して、東海や真由美は、本部に引き揚《あ》げたが、そのまま、時間がたっていった。

一時間あまりすぎてから、やっと、カルロスは、牛舎から出てきた。

今度は、東海に向かって、

「提案がある」

と、いう。

「模造の剣で、あの牛と、戦うことになっているが、私としては、それでは、戦う甲斐《かい》がない。スペインの闘牛と同じように、左手にムレタを持ち、右手に本物の剣を持って、フジヤマ号と、戦いたいのだ」

「模造の剣では、駄目ですか？」

「駄目だ。それでは、闘牛ではない。遊びだ。笑いものになってしまう」

語尾が強く、自分の提案が、受け入れられなければ、このまま、帰国しかねなかった。

「スペイン大使にも、話されたんですか？」

「もちろん話した。大使も同意された。模造剣では、スペインの闘牛の歴史をけがすものだと、いっている」

と、カルロスは、いった。

「しかし、本物の剣を使うことになると、批判もありますし、あなた自身も、危険になりますよ。血を見て、牛も、興奮しますから」

「もちろん、その覚悟はできている。私は、マタドールだ」

「分かりました。ご希望どおりの試合にしましょう。その興行での許可を取ります」

と、東海はいった。

翌日から、東海は、弁護士を使って、警察関係の許可を取りに、奔走《ほんそう》した。

その間、カルロスは、毎日、やって来て、一時間、時には、数時間にわたって、牛舎に入り、フジヤマ号と、睨み合いを続けた。

そうしたカルロスと、フジヤマ号の写真を、東海は、ひそかに、隠し撮りして、マスコミにバラまいた。

新しく警察関係の許可を取るのに、一週間を余分に費《つい》やした。が、それが、逆に、宣伝になった。

日本を代表する雄牛のフジヤマ号が勝つか、スペインを代表するマタドールが勝つか。

また、フジヤマ号が、倒されるか、マタドールが死ぬかと、マスコミが、書き立てたからである。

売れ行きの鈍《にぶ》かった前売券は、あっという間に、売りきれてしまった。

東京体育館の中に、円形の舞台が作られた。

五月十日、午後六時。

観客の群れが、どっと、入って来た。特別席には、スペイン、ポルトガル、中南米の大使夫妻が、腰を下ろしている。

まず、フジヤマ号が、入った。

大観衆でも、興奮は見せず、平然としている。

真由美は、それを見て、ほっとした。彼女も、今回の興行の一員だから、興行が成功するかどうかに、関心がある。

観客が溢《あふ》れ、テレビも入っているから、一応《いちおう》成功と見ていいのだが、マタドールのカルロスは、本物の剣を使うことになった。

フジヤマ号が、刺されて死亡したら、それで終わりである。カルロスには、一億円の懸賞金を払わなければならない。

日本中の関心を集めることには成功したが、もし、そうなったら、興行としては、失敗である。それで、真由美は、フジヤマ号の様子を心配したのだが、落ち着いていることに、ひとまず、ほっとしたのである。

続いて、舞台の反対側から、マタドールの正装をしたカルロスが、登場した。約束したように、左手に赤い布を持ち、右手に、本物の剣を持っている。

その剣が、ぴかっと光った。

第一章　懸賞金

1

闘牛のフジヤマ号は、カルロスを相手にしても唸《うな》ったり、飛び上がったりはしなかった。前足で地面をかく動作もしない。

少し頭を下げ、じっと、カルロスと向かい合っている。落ち着いているというよりも、目の前のカルロスを無視しているようにも見えた。

カルロスも、そうした空気に気づいたらしく、威嚇《いかく》するようにフジヤマ号に向かって、左手に持ったムレタを、ひらひらさせ、剣を突き上げた。切《き》っ先《さき》は、天を指《さ》している。

カルロスが、一歩前に進んだ。

が、フジヤマ号は一向《いっこう》に動こうとしない。

カルロスが少しずつ間を詰めていく。そして、その後、少しずつ左に廻っていった。

それに対して、フジヤマ号のほうは、少し首を傾《かし》げただけだった。

その次の瞬間、カルロスは、左手に持ったムレタを、フジヤマ号に向かって投げつけた。

首を曲げて、フジヤマ号がそれを軽くかわす。

その瞬間、カルロスは飛び上がって、右手に持った剣をフジヤマ号の背中に向かって振り下ろした。実際の闘牛では、頸椎《けいつい》から剣を突き刺して、牛の心臓を貫《つらぬ》き、牛は死んでしまうのである。

しかし、フジヤマ号は、大きく首を振った。首で剣を振り払った次の瞬間、牛の巨体がカルロスに、向かっていった。

詰めかけた観客の中から、大きな悲鳴が起きた。カルロスの体が、大きくはね飛ばされたからである。

それでも、カルロスは立ち上がった。最後の力を振り絞《しぼ》って右手に持った剣を牛に向かって投げつけた。

だが、フジヤマ号は、それさえ軽く首を振ってはね飛ばすと、今度こそ低く構《かま》えて、カルロスを追いつめていった。ムレタを捨て、剣も捨ててしまったカルロスは、後ずさりするより他に仕方がなかった。

その背中が壁に触《ふ》れた時、東海の合図で、三人の男が飛び出していって、フジヤマ号を押さえつけに、かかった。

それで、闘牛そのものは、終わってしまったが、あとは、三人の男たちを引きずって、後ずさりしていくフジヤマ号を、何とかして、押さえることしか、残っていなかった。

フジヤマ号が、囲いの中に入ったところで、観客席から、大きな拍手《はくしゅ》が生まれた。敗北したカルロスは、黙《だま》ってその場を立ち去って行った。その体全体で、この試合の敗北を認めた結果になった。

社長の東海がマイクを取り上げると、一杯に入っている観客に向かって、

「ご覧のように、マタドールのカルロスさんは、フジヤマ号との戦いで、自らの敗北を認めました。したがって、一億円の懸賞金は、次の試合に、持ち越されることになりました。そこで、皆さんに、というよりも、世界の闘牛ファンに申し上げたい。フジヤマ号に勝てる自信のあるマタドールは、いらっしゃいませんか？　スペインの英

雄カルロスさんの仇《かたき》を討《う》とうというマタドールは、いらっしゃいませんか？　もし、そんな方が、おられましたら、ぜひ挑戦していただきたい。ちなみに、懸賞金は、二億円になりました」

と、いった。

真由美もこの試合を見ていたが、ひょっとすると、社長の東海は、最初からフジヤマ号の勝利を、確信していたのではないかと、思った。

なぜなら、一回目に、フジヤマ号が負けてしまえば、それで、全《すべ》てが終わってしまうからである。そうなったら、また、フジヤマ号のような強い牛を、探しに行かなくてはならなくなる。

その上、勝者に、一億円の懸賞金も支払わなくてはならない。完全な赤字である。

真由美には、東海元という人間が、まだよく分かっていないが、自分に損になるようなことは、絶対にしないそんな性格の男であるように、受け取っていた。

だから、今回の闘牛はフジヤマ号が絶対に勝つと信じて、今日の興行を、立ち上げたに違いないのである。もちろん、証拠はないのだが、真由美は、そんなふうに、考えた。

その夜、集まった部下十人と社長の東海は、銀座で祝杯を上げたが、秘書の真由美は、参加させてもらえなかった。

2

それから一週間もしないうちに、南米コロンビアの闘牛士が、正式に挑戦状を送ってきたと、東海が、新聞やテレビの記者を集めて発表した。

真由美は、先日の試合に敗《やぶ》れたカルロスのことが、心配だったが、スペインに帰ると、今度はフジヤマ号より一回りも大きな巨大な牛を購入して、次の戦いに備《そな》えて、練習を始めたというニュースが伝わってきた。

カルロスは、マネージャーに、向かって、

「今回、フジヤマ号との試合に負けたことは、自分だけではなく、マタドール全体の恥《はじ》である。したがって、一年以内に、復讐《ふくしゆう》戦をする。そして、今度は、どんなことがあっても、絶対に勝つ」

と、いい、それをマスコミに発表したというのである。

真由美が、そのことを東海に伝えると、東海は、満面の笑みになって、

「私にとって、それはとても嬉《うれ》しいニュースです。負けたことを恥じて、もし、カル

ロスが自殺でもしてしまったら、こちらまで悲しい気持ちになってしまいますからね。もう一度挑戦するというのは、いいことです。もちろん、こちらも大歓迎です。もし、カルロスが本当に挑戦するようなことになったら、あなたに、すぐ、スペインに飛んでもらうことになりますよ」

と、いった。

真由美は、社長の東海から、コロンビアに行って挑戦状を突きつけてきた英雄に会ってこいと命令された。真由美は、成田から、コロンビアに向かった。

挑戦者の名前は、アロンドである。コロンビアの首都ボゴタの郊外に広大な牧場を持ち、その牧場主になっていると聞いて、真由美は直接、牧場に、アロンドを訪《たず》ねていった。

日本では考えられないような、広大な牧場だった。そこには、何千頭もの牛が飼われていた。

(牛を殺して稼《かせ》いだ賞金で、今度は牛を飼っているのか)

と、考えて、何となく、笑ってしまいたくなるのをこらえて、真由美は、アロンドに、会った。

英語が話せるということに、真由美は、ちょっとホッとした。

アロンドは、すでに四十歳に近かったが、真由美に向かって、

「スペインのカルロスが、負けたことを知らされて、私の中の勝負師の血が、騒いだのですよ。私が挑戦するからには、必ずカルロスの仇を討って、マタドールの偉大さや強さを、日本の皆さんに分かってもらいたいと思っています。私なら、それができると考えて、挑戦状をお送りしました」

と、いった。

日本に挑戦状を出してから今日でまだ二日だが、

「久しぶりに剣を持って、牛を相手に戦ったので、大事な牛を、二頭も殺してしまいましたよ」

と、いって、アロンドが、笑った。

「フジヤマ号は、かなり強い牛ですよ。勝つ自信はありますか？」

と、真由美が、きくと、アロンドは、にっこりして、

「もちろんです。自信がなければ、挑戦状など送りませんよ。それに、カルロスとフジヤマ号との試合の様子を記録した映像を日本から送ってもらって、見たのですが、フジヤマ号とかいう牛の弱点が分かりましたよ。ですから、絶対に勝ってみせます」

と、いった。

その後、アロンドは、広大な牧場の中を案内してくれたが、家に戻ってくると、日本からN新聞の記者がアロンドの取材に来ていた。

記者の名前は、梶本修《かじもとおさむ》である。三十代の半《なか》ばに見える梶本は、なぜか、あまり楽しそうな顔はしていなかった。

梶本は、当たり障《さわ》りのない常識的な質問をアロンドに浴びせただけで、帰りは真由美と一緒になった。

「失礼だが、あなたは、新聞記者のようには見えませんね」

と、梶本が、いった。

その言葉に、思わず、真由美は笑いながら、

「ええ、私は、マスコミの人間じゃありませんよ。今回の闘牛を主催している世界興《コスモ》業の者です」

と、いった。

「世界興《コスモ》業というのは、一つの興行をするたびに十人くらいの人間が集まってくるでしょう？　その中に、あなたは、いなかったように思うんですけどね」

と、梶本が、いった。

「ええ、おっしゃる通り、私は、あの十人の中には、入っていません。社長に個人的

に雇《やと》われた秘書ですから」

と、真由美が、いった。

真由美は、迎えに来た牧場の車を使わないで、梶本が乗ってきた車に便乗させてもらうことにした。首都ボゴタの郊外とはいっても、日本とは違ってやたらに、遠いのである。

その後は、車内での会話になった。

「私はね」

と、梶本が、車のハンドルを、握りながら、座った真由美に話しかけてくる。

「今回の闘牛そのものよりも、東海さんという、世界興業《コスモ》の社長さんのほうに興味があるんですよ。彼は、どういう人なんですかね？」

と、梶本が、きいた。

「私は、社長のことは、よく知りません」

「知らないって、あなたは、東海社長の秘書なんでしょう？」

「ええ、そうですが、東海社長の個人的な秘書とはいっても、社長のことは、今もまだ、よく分からないんです」

「しかし、いつも、東海社長のそばにいるんだから、何らかの感想は持っているんじゃありませんか？　例《たと》えば、面白い男だとか、変な男だとか」

と、梶本が、いう。

真由美は、そのいい方に笑って、

「少なくとも、変な人じゃありませんよ。たしかに、いつも、大きなことを考えていて、それを、実行しているんですけど、それが成功するから、才能のある人なんだなと思っていますが」

「たしかに、そこはすごいと思うんです。今度の闘牛にしても、牛と人間との格闘というわけでしょう？　もし、牛が刺されて、簡単に死んでしまったり、逆に、マタドールが牛の角《つの》に引っかけられて、あっさり死んでしまったら、闘牛のショーとしては、大失敗ですからね。東海社長は、そういう不安は持っていないんですかね？」

「私も、梶本さんがいわれたような、そんな不安を感じますけど、社長には、そういうものは全《まった》くないみたいですよ。絶対に成功するという信念のようなものを、持っているんじゃありませんか」

「今回の闘牛について、世界興業《コスモ》が、どのくらいの金を、使ったのかを試算してみたんですよ。そうしたら、興行の始まる前に、すでに、五億円近い金を使っていることが分かった。まず、あのフジヤマ号という牛を手に入れるのに、五千万円、それから、事前の宣伝に、二億円は使っている。資金がよく続きますよね。それが、不思議で仕方がない」

「でも、新聞社だって、時々、誰もがアッと驚くようなイベントをすることが、あるじゃありませんか。あれだって、相当お金がかかっていると思いますけど、それでも、一応、儲《もう》かっているんでしょう？」

「たしかに、うちのような新聞社やテレビ局も大きなイベントを主催することがありますが、それが全部儲かっているわけじゃありませんよ。赤字の時だって、結構ありますすよ。たしかにうまくいけば、百万人ぐらいの観衆が、集まって、大きな利益を上げることも、ありますけどね。ただ、うちのような新聞社は、イベントが、赤字になっても何とかなるけど、世界興業《コスモ》というのは、十人くらいの臨時スタッフでやっている個人事務所みたいなものでしょう。よくやっているなと、感心してしまうんですよ」

「うちの東海社長に、本当に、興味をお持ちなんですね」

「いろいろと、調べてみようと思うんですが、東海社長のことを書いた本は、これまで、一冊も世に出ていません。私にいわせれば、それも不思議なんです。あれだけのことをやってきた人なんだから、社長の伝記みたいなものが、一冊くらいあってもいいと思うんだけど、いくら探しても、一冊も見つからない。だから、なおさら、興味が湧《わ》いてくるんですよ」

と、梶本が、いった。

車が市内に入ったところで、梶本が、真由美に向かって、

「日本に帰るのは、どうせ、明日でしょう？　夕食を一緒にどうですか？　おごりますよ」

と、いった。

「梶本さんのほうは、大丈夫なんですか？　今日の取材原稿を、すぐに、日本に送らなくちゃいけないんでしょう？」

と、真由美が、いうと、梶本は、

「原稿は、簡単なものです。それを送ってしまったら、他にはやることが、ないんですよ。コロンビアに来てからずっと一人でしたから、できれば誰かと一緒に、食事がしたいんですよ」

真由美も、梶本の話をもっと、聞きたいという気持ちになってきていたので、申し出にＯＫした。

3

夕食は有名なスペイン料理の店で取ることにした。梶本が、少し贅沢《ぜいたく》な夕食の席を設けてくれた。したがって、個室での会食になって、いろいろと、話を聞くことができた。

「うちの新聞社には、私以外にも、世界興業《コスモ》という会社に、興味を持っている人間がいましてね。そいつに話してやらなきゃいけないので、いろいろと、東海社長について質問するかもしれません。まあ、答えたくなければ、無理に、答えなくてもいいですよ。無視してください」

と、梶本が、いった。

「どういう質問ですか？」

「うちの会社の中に、東海社長と同じ高校の同級生だったという人が、いるんですよ」

「うちの社長が、どこの高校を出たのかも知らないんですけど」

「長崎《ながさき》の高校だったと思いますよ。高校時代の東海社長は、ごく、普通の高校生で、あまり、目立たない生徒だったといっていました」

と、梶本が、いった。

「そのお友だちの名前、何と、おっしゃるんですか？　日本に帰ったら、社長に、きいてみますから」

「宇津木《うつぎ》というんですよ。今もいったように、彼の話によると、高校時代の東海さんは口数が少なくて、あまり、目立たない存在だったというんですよ。だから、世界興業《コスモ》社長という肩書きや、大きな興行を、次々に打っている東海社長を見ていると、全く信じられないと、宇津木は、そういっていましたね」

と、梶本が、いった。

食事が一段落してコーヒーを、飲んでいると、梶本が、

「どうしても、知りたいことが一つありましてね」

と、いう。

「どんなことかしら？」

「東海社長というのは、いったい、どのくらいの個人資産を、持っているんですか？　あれだけの大きな興行を、次々に、打てるんですから、個人資産も、すごいんだろうと、思っているんですがね」

と、梶本が、いった。

「残念ながら、私も東海社長が、どのくらいの個人資産を持っているのか、全く分かりません。でも、お金の使い方が、すごいから、かなりの個人資産を、持っているんだろうと思いますよ。何しろ、今回の闘牛で、わざわざ宇和島まで行って、五千万円も出して、一頭の牛を買ってしまったんですから。競走馬なら五千万円は、普通でしょうけど、地方の闘牛の牛ですから」

と、真由美が、いった。

あの時たしか、最低でも、三千万円はもらわないと、と、牛の持ち主である、仁村良吉がいった時、東海社長は、まけろとはいわずに、逆に、五千万円を提示して、相手を驚かせたのである。もし、興行に失敗していれば、単なる無駄遣《むだづか》いか、あるいは、道楽と思われてしまっただろう。

真由美が、その話をすると、梶本は、肯《うなず》いて、

「その話なら、私も、知っていますよ。実は、四国の宇和島まで行って、あの牛の前の持ち主だった仁村良吉さんという人にも話を聞きました。そうしたら、自分のほうは、ちょっと高いかなと思いながらも、三千万円と吹っかけたのだが、それに対して東海社長が、いきなり、それじゃあ、五千万円で買おうといったので、ビックリした

手の要求額よりも高い金額を払って、相手を、驚かせる。東海社長は、そういうやり方で、今までずっとやってきたんでしょうか？」

「その点は、私にも、分かりません。さっきもいった通り、私は、そんなに昔から、世界興業《コスモ》や東海社長と関わってきたわけではありませんからね」

と、真由美が、いった。

「分かりました。他に、東海社長の、変わったところは、ありませんかね？」

と、梶本が、きく。

真由美は、少し迷ってから、例のホビートレインのことを梶本に話した。もちろん、東海社長が、真由美に黙って、成田で、新しいホビートレインの模型を買ったことなどは伏せて、

「うちの社長は、意外に、鉄道模型に興味を持っているんですよ」

とだけ、いった。

「どんなふうにですか？」

「四国の宇和島に、牛を買いに行ったんですけど、その時に、ＪＲの予土線で行ったのです。そうしたら、予土線に、新幹線の真似《まね》をした、いわゆる鉄道ホビートレイン

が走っていたのです。東海社長は、どうしても、それに乗りたいといって。だから、ウチの社長は、鉄道模型マニアなのかもしれません」

と、真由美が、いった。

「鉄道ホビートレインなら、私も一度乗ったことがあります。あれは、面白いですよ。新幹線そっくりのものを作るのではなくて、本当のホビートレインですからね。ああいうイタズラは好きですよ。東海社長も、そういうイタズラが、好きなんですかね？」

と、梶本が、いう。

「私も意外でした。うちの社長を見ていると、大人《おとな》だなあと、いつも思っていましたから」

と、真由美が、いった。

食事が終わって別れる時、梶本が、ふといった。

「今日、新聞記者の私と、話したことは、東海社長には、黙っていたほうがいいかもしれませんよ」

梶本と別れたあとも、その言葉が、なぜか真由美の頭から離れなかった。そうなると逆に、日本に帰国したあと、東海社長に会うと、コロンビアでN新聞の梶本修という記者に会ったことを、話したくなった。

それに、どうせそのうち、N新聞には、梶本の書いた記事が、載《の》るに違いないと思ったからでもある。

「向こうで、N新聞の記者に会いました。その人も、コロンビアのアロンドが、フジヤマ号に対する挑戦状を、送ったというので、その取材に来ていたんです」

と、真由美は、東海に、しゃべってしまった。

最初のうち、東海はニコニコと彼女の話を、聞いていた。

「そういうことなら、アロンドとフジヤマ号との試合のことが、近いうちに、N新聞にも載りますね。うちにとっていい宣伝になるので嬉しいですよ」

と、東海が、いった。

しかし、真由美が、梶本という記者が、東海に関心を持っているという話を、伝えると、次第《しだい》に東海の顔が、難《むずか》しいものになっていった。その挙句《あげく》、

「君に注意をするのを忘れていたが、新聞記者というのは、何をどう書くか、分からないからね。私の話は、新聞記者には、あまりしてほしくない」

と、注意されてしまった。

こうなると、同じN新聞にいる、東海と同じ高校を出たという男の話などすること

ができなくなって、真由美は黙っていた。

翌日のN新聞を見ると、社会面に、

「闘牛のフジヤマ号に、コロンビアのマタドールが、挑戦状」

と、大きく載っていた。

真由美が、その記事を見ている時、N新聞の梶本から、電話が入った。

「うちの会社が、今度、世界興業《コスモ》の興行に協賛することになったんですよ。うちの社長が、前々から闘牛に興味を持っていましてね。私にいろいろときいてくるんで、協賛するのがいいんじゃありませんかと、いっておいたのです。東海社長、喜んでいませんでしたか？」

「社長からは、その件を、まだ、聞いていません」

と、真由美が、いうと、梶本は、電話の向こうで、

「どうしたんですか？　何だか、元気がありませんね」

と、いってから、

「ああ、私のことを、東海社長にしゃべったでしょう？」

と、当てられてしまった。

「実はそうなんです。梶本さんの忠告を、ちゃんと守っておけばよかったと、今、後

悔しています」

と、真由美は、正直に、いった。

「たぶん、この記事で帳消しになったはずですよ。だから、心配なんかしないほうがいいですよ」

と、梶本が、いってくれた。

4

五月十五日早朝、多摩川《たまがわ》の東京側の河原《かわら》で、四十代と思われる男の死体が発見された。

多摩川は、神奈川《かながわ》と東京の境《さかい》を流れている。死体が発見された辺《あた》りは、水の量が少なく、広い河原が、続いていた。その河原で、早朝の散歩に来た地元の老人が死体を発見したのである。

地元の調布《ちょうふ》警察署の刑事たちが初動捜査で、被害者の男が後頭部に、裂傷を負い、他に体にも数カ所、殴《なぐ》られたような形跡があることを確認して、殺人事件だと、断定した。

しかし、身につけていたジャンパーやジーンズのポケットを、いくら調べても、身元を証明するようなものは、何も見つからなかった。

警視庁捜査一課の十津川《とつがわ》警部たちが、調布警察署の初動捜査を引き継《つ》ぐ形で、捜査を開始した。

十津川たちがぶつかった壁も、被害者の身元が分からないということだった。身元が分からないと、多くの場合、歯型を取ってその歯型から身元を割り出していく。

十津川たちも、同じ手段を取った。歯型を調べてもらい、その歯型について東京周辺の歯科医に照会してもらったのである。

被害者には、奥歯の治療をした痕《あと》があったのだが、東京の歯科医から、自分のところの患者であるという声は、聞こえてこなかった。

そこで、捜査の範囲を少しずつ広げていったのだが、その結果も、空《むな》しいものだった。どの歯科医も、自分のところの患者だとはいってこなかった。

その他、被害者が、身につけていたジャンパーやジーンズ、履《は》いていた靴など、そうしたものから身元を、突き止めようとする努力もされた。

しかし、ジャンパーも、ジーンズも靴も、大量に市販されているもので、そうしたものからの、身元の確認も難しかった。

十津川たちは、仕方なく被害者の身元不明のまま、しばらく、捜査を続けなければならなかった。

身元の確認は、捜査の第一歩である。身元が不明だと捜査は、極端に難しくなってくる。それは、どうしても人間関係が分からないからであって、殺人の動機の大部分は人間関係から生まれるから、それが空白のままだと、肝心《かんじん》の容疑者が、絞れないのである。


真由美も、この身元不明の被害者のニュースはテレビで見て、新聞で、読んだのだが、ほとんど、関心がないので、すぐに、忘れてしまっていた。

そんな時、N新聞の梶本から、電話が入った。

「今日、時間がありますか？　どうしてもお会いしたいのですよ」

と、いう。

「どうしても」という言葉が気になって、真由美は、夕方の六時に、新宿《しんじゆく》のカフェで、梶本と会うことにした。

六時を五分ほど過ぎて、真由美が店に入っていくと、梶本は先に来て待っていたが、コーヒーを飲み終わっても、すぐには、用件を切り出してこなかった。

その後で、梶本はポケットから新聞を小さく畳《たた》んだものを、真由美の前に、置いた。それは、多摩川の河原で、身元不明の男の死体が発見され、警察が殺人事件として捜査をしているが、依然《いぜん》として身元は、分からないままだという記事だった。

「今、うちで、この事件を、追っているんですよ」

と、梶本が、いった。

「この事件のことなら知ってますけど、自分には関係がないと思って、忘れてしまっていました。何か重大な事件なんですか？　ただ単に、身元不明とだけしか、書いてありませんけど」

と、真由美が、いった。

「実は、うちの記者が警察に行って、この被害者の顔の特徴なんかを細かく聞いてきて、似顔絵を作ってみたんですよ。それが、この似顔絵です」

そういって、梶本は、今度は、メモ用紙に描《か》かれた男の似顔絵を、真由美の前に、置いた。

四十代の男。細面《ほそおもて》で、眼が少しきつい。それが、特徴の顔だった。

「あなたには、この顔に見覚えがありませんか？」

と、梶本が、いきなりきいた。

真由美は、そんな質問をされることを、全く予期していなかったので、エッという顔になって、

「どうして、私が、この人を、知っていると、思うんですか？」

と、きき返した。

「知りませんか？」

「ええ、もちろん」

と、真由美が、いった。

「正直にいいますとね、コロンビアで、あなたに会った時、世界興業《コスモ》という会社と社長の東海さんに関心があるといったでしょう？　個人的に興味があって、ずっと追いかけていたんです。世界興業《コスモ》が面白いのは、前もいったように、ある興行を計画すると、その時だけ、十人くらいの人間が集まってくるんですよ。その興行が終わると、解散してしまう。一種のプロ集団だと思っているんですが、その十人の中に、似顔絵の男がいたような気がしてるんです。十人の人間は、いつも興行の陰に、隠れている裏方の人間たちなんですけどね。ある時、そのうちの、何人かの顔を、まともに、見たことがあるのです。その時に見た男の中の一人が、十中八九《じつちゆうはつく》、この似顔絵の男だと、思うんですよ。あなたも、興行のたびに、十人の人間が、集まってくることは知

っているでしょう？」

「ええ、もちろん、知っていますけど、一緒に仕事をしたことは、ほとんどないんです。東海社長が、君は、個人的に、雇っている秘書だから、写らなくてもいいといわれていて、写真も一緒に撮《と》ったことはありません」

「しかし、十人を、見たことはあるでしょう？　何しろ、あなたは、いつも、東海社長のそばにいるんだから」

「ええ、そうです。でも、東海社長があの職業集団とは、仕事が違うから、一緒にいないほうがいいというので、いつも離れて仕事をしてきましたから」

「でも、十人の顔を見たことはありますよね？」

「ええ、何度かは。でも、はっきりとは覚えていないんです。何しろ十人もいるし、一緒に、仕事をしてきたというわけではありませんから」

と、真由美が、いった。

「しかし、二、三度は見ていると思うから、何とか、思い出してくれませんか？　その十人の中に、この男がいたかどうか、何とかして、その点を、知りたいんですよ」

と、梶本が粘《ねば》る。

「もし、この似顔絵の男の人が、十人の中の一人だと、分かったら、梶本さんは、どうするんですか？　警察に通報するんですか？」

　真由美が、きいた。

「いや、あなたが、警察にはいわないでほしいというのなら、警察には、何もしゃべりませんよ」

　と、梶本が、いった。

　真由美は、苦笑して、

「まだ、この男の人を知っているかどうか、いっていませんけど」

「そうでしたね。何とか、思い出してくれませんかね。十人の中に、この似顔絵の男がいたかどうか」

　梶本は、しつこくきいてくる。

　それにつられる恰好《かっこう》で、真由美は考え込んでしまった。

　たしかに何度かは、十人を見ている。

　しかし、その一人一人を、時間をかけて、じっくり見たわけではない。十人が盛んに動き廻っているのを、見ていただけである。

　それに、仕事の時、十人の男女は、いずれも男は背広を着ていたし、女もきちんとした恰好をしていた。少なくとも、被害者のようにジーンズやジャンパーというラフな恰好ではない。

「あ、それから、この被害者の男性の身長は一七五、六センチで、体重は六〇キロだそうです。かなり痩《や》せていますよ。死体で発見された時には、フワッとしたジャンパーを着ていたので、よく、分からなかったが、脱がせると、かなり痩せていたと、警察は、いっています」

と、梶本が、つけ加えた。

「痩せていて、身長一七五、六センチですか」

と、真由美が、繰り返す。

「記憶がありますか？」

「そういわれてみると、たしかに、一人だけですが、男の人で、ずいぶん痩せている人がいました。他の人たちは、皆さん、恰幅《かっぷく》がいいというのか、運動選手のようなガッチリとした体型をしていましたけど、一人だけ、ずいぶん痩せているなと思ったことを、覚えているんです」

と、真由美が、いった。

「私もね、あなたと同じように、問題の十人の人間は、ほとんど見ていないんですよ。社長の東海さんが、あの十人を、外部の人間にはなるべく見せないようにしていますからね。その中に、背が高くて、やたらに、痩せている男が一人いた。それが、どう考えても、この似顔絵の男なんですが、どうですか？」

と、また、梶本が、きく。

「今は、はっきりとは、いえません。でも、一人だけ痩せている人がいたことは、覚えているんです。その人の顔が、この似顔絵と同じかどうかは分かりません。たまにしか見ていませんからね」

真由美も、同じことを繰り返したあと、言葉を続けて、

「でも、私は違うと思います」

と、いった。

「違うって、どうして、ですか？」

「だって、東海社長の部下だったら、東海社長が、そのことを話しに、警察に行っているはずですよ。自分の可愛い部下が一人、殺されたんですからね。でも、東海社長が、警察に何かをいいに行ったという様子は、全くないんです。ですから、違うと思いますよ」

強い口調で、真由美が、いった。

「本当に、東海社長は、警察には、何も知らせていないのかな？」

「ええ、今のところは、何もしていないと思います。何かしていれば、私にもきちんとおっしゃる人ですから」

と、真由美が、いった。

「しかし、私は、十人の中の一人だと思うんですがね」

梶本は、また、同じことを繰り返した。

5

フジヤマ号との試合を一週間後に控えて、コロンビアから、マタドールのアロンドが、到着した。

N新聞の事業部の人たちも、世界興業《コスモ》の東海社長も、カルロスとの試合が、評判になったので、一回目より観客が多いだろうと予想した。

東海社長は、いつになく張り切り、秘書の真由美に向かっても大きな声で、

「今度こそ大儲けをするぞ！」

と、叫んだ。

アロンドは、母国で人気があると見えて、日本中にいるコロンビア人が東京に集ま

ってきていた。試合を明日に控えて、東京のコロンビア大使館では、アロンドを励《はげ》ます会が催《もよお》され、東海と、秘書の真由美も招待された。

コロンビア料理とコロンビアの酒でパーティが開かれた。

その途中で、真由美の携帯が鳴った。ひょっとすると、N新聞の梶本からではないかと思ったが、案《あん》の定《じょう》、彼からの電話だった。

「そちらの様子はどうですか？」

と、梶本が、きく。

「今、パーティの最中なので、切りますよ。後でまた、かけてください」

と、いって、真由美は、電話を切ってしまった。電話を受けているところを、東海社長に見られたくなかったからである。

南米の各国大使も、出席して、アロンドを励ます会は、盛況だった。

パーティが終わり、東海社長は、マタドールのアロンドと、これから飲みに行くというので、真由美自身は、自分のマンションに帰った。

それを、待っていたかのように、また、梶本から電話が入った。

「どうですか、パーティは、もう終わりましたか？」

と、きく。

「ええ、終わりました。東海社長は、マタドールのアロンドと一緒に、銀座に飲みに行っていますよ」

「いろいろと、教えてほしいんですが、今晩の東海社長は、どんな様子でしたか？」

「終始ご機嫌でしたよ。何しろ、前回の、カルロスとの試合が、評判になったし、南米諸国の人たちも、試合を楽しみにしていて、皆さん、見に行くといっていましたから、そうなると、観客が増える。それで、社長は、ご機嫌だったんです」

「多摩川で起きた殺人事件について、東海社長は、何もいいませんか？」

「ええ、いいません。ですから、たぶん違うんですよ」

と、真由美が、いった。

「それから、例の殺人事件の被害者の死亡推定時刻が分かりましたよ。午前一時から二時の間です。つまり、夜中に、連れ出されて、あの河原で、何者かに殺されたんですよ」

「でも、それが、何か私に関係があるんですか？」

「被害者は、例の十人の中の一人だとすると、東海社長の身近にいる人、当然、あなたから見ても、身近にいる人ということに、なってきます」

「でも、まだ何の、証拠もないんでしょう？」

「その通りですが、私は、あの十人の中の一人だとの、確信があるんですよ。そうなると、いろいろなことが、考えられます」

梶本は、思わせぶりに、いった。

「どんなことが、考えられるんですか？」

「当然考えられるのは、この殺人が世界興業《コスモ》と、あるいは、社長の東海さんと関係のある事件ということになってきますし。そうなると、容疑者の中に東海社長も入ってくるかもしれません」

「それじゃあ、私も、入ってきますね。東海社長のそばに、いますから」

真由美は、少しばかり、皮肉をいったつもりなのだが、電話の相手は、そんな皮肉には、全く気がつかない感じで、

「もし、世界興業《コスモ》という会社と、関係のある殺人だということになったら、間違いなく、世界興業《コスモ》は潰《つぶ》れてしまいますね。いや、もっとあるかな。ひょっとして、いや、これはないか」

「何がですか？」

「あなたも、容疑者の一人になる。いや、それは、まず、あり得ませんね。何しろ、十人の人間とあなたとは、ほとんど、関係がないんだから」

と、梶本が、いった。

「警察には行ったんですか？」

と、真由美が、きいた。

「まだ行っていませんよ。私は関心があるんだけど、警察は証拠が欲しいというでしょうからね。それが見つかるまでは、警察には何もいうまいと思っています」

と、梶本は、いって、電話を切った。

6

真由美は、電話を切ってからもしばらく不安が消えなかった。

どうやら梶本は、世界興業《コスモ》というよりは、社長の東海元に、的《まと》を絞っているらしい。殺人事件が多摩川の河川敷《かせんしき》で起きて、その犯人は、ひょっとすると、東海社長ではないかと、梶本は、疑っているらしい。

だとすれば、これからも梶本は、いろいろと、動き廻ったり、真由美に、電話をかけてきたりするだろう。あまり気持ちのいいことではなかったし、時には、腹が立った。まだ何の証拠もないのである。それなのに、あの新聞記者は、東海社長に狙《ねら》いを定めて、あちこち動いている。真由美が何かヘタなことをしゃべれば、それをチャンスに追いかけてくるかもしれない。それがイヤだった。

しかし、そんな思いでいると、真由美自身も、東海社長のことを調べてみたい気持ちになってくるのである。

翌日は、ウィークデイだったが、体調が悪いので休ませてくださいと、東海に、電話をしておいて、真由美は永田町《ながたちょう》にある、国立国会図書館に足を運んだ。世界興業《コスモ》と東海社長について調べたくなったからである。

しかし、梶本がいっていたように、いくら検索しても、世界興業《コスモ》と、東海元についての資料も本も、雑誌の記事さえ、出てこなかった。国会図書館で見つからないのだから、他の図書館に行っても、おそらく、見つからないだろう。

しかし、どうして、東海社長と世界興業《コスモ》についての資料や、本がないのだろうか？

それが、不思議だった。

世界興業《コスモ》も東海社長も、日本の「呼び屋」、興行師としては、かなり有名である。真由美自身もその名前を知っていたくらいだからである。

それなのに、どうして、資料も本も見つからないのか？

東京で行なわれた二回目の闘牛は、当日券売場も、行列になって、満杯の観客を迎えた。

今度の試合では、アロンドの剣がフジヤマ号の皮膚《ひふ》を、かすめた。わずかだが、血が流れて、それだけでも、喚声《かんせい》があがった。日本人も、血に弱いのか。

しかし、アロンドが近づけたのは、それだけだった。逆に、フジヤマ号に角を使って地面に叩《たた》きつけられて、右足を骨折してしまい、用意してあった救急車で、すぐに病院に運ばれていった。

右足を骨折するような大怪我だが、命には別状ないと知らされ、真由美はホッとした。

今度も闘牛のフジヤマ号のほうが勝利したので、東海社長は、さっそく新聞記者を集めて、

「これから三度目の闘牛の興行について発表します。マタドールが二回負けてしまいましたので、三回目の賞金は三億円になります。ぜひ全世界のマタドールに、この試合に参加していただきたい。勝利したマタドールには三億円を、差し上げたい。フジヤマ号に勝つ自信のある方であれば、マタドール以外でも構いませんから、フジヤマ号と戦ってください」

と、声明を出した。

それは、翌日の新聞やテレビで、大きく発表された。

二回、フジヤマ号がマタドールに勝ったということで、コマーシャルに使いたいという会社が出てきた。ビール会社だった。

「フジヤマ号に勝って、ぜひビールで、乾杯してください」

それがコマーシャルの文句だった。そこに小さくだが、東海が言葉を書き加えた。

「牛もビールが大好きです」

7

十津川たちは、調布警察署に捜査本部を設けた。依然として、被害者の身元は、不明である。そのため、捜査のほうも、一向に進展しなかった。

身元さえはっきりすれば、捜査は間違いなく進むのだがと、刑事たちは唇をかんだ。身元が分かれば、自然に関係者の名前も浮かんでくる。

死体が発見された多摩川の河川敷の周辺で、念入りに、聞き込みをやっても、難しいことは同じだった。身元が分からないのでは、人々の話を聞いても関係者が浮かんでこないのである。

そんな時、捜査本部に、一通の手紙が届いた。

差出人の名前はない。よくある謎の手紙である。便箋《びんせん》が一枚。そこには、簡単に次のように書いてあった。

「身元不明の被害者を、
よく知る人物は、
東海元である」

たったそれだけの文章である。他には何も書かれていなかった。

十津川には、東海元という名前に覚えがなかったが、刑事の一人から、

「東海元といえば、今、東京体育館で闘牛のショーを主催している世界《コス》興業《モ》という会社の社長ですよ」

と、教えられて、十津川も肯いた。

東海元という名前には覚えがあったし、世界興業《コスモ》という会社の名前にも、現在、東京体育館でやっている牛とマタドールの奇妙な試合にも覚えがあったからである。

十津川は、さっそく亀井《かめい》刑事を連れて、六本木の超高層マンションに、東海元を訪ねていった。

東海は刑事と会うことをあっさり承諾《しょうだく》したが、会ったのはマンションではなく、近くのカフェである。奇妙な闘牛の試合をやっている東京体育館の近くでもある。

「わざわざ来ていただいて恐縮しています」

と、十津川は、まず礼をいってから、

「今、多摩川の河原で、死体が発見された殺人事件の捜査をやっています。この事件については、ご存じですか?」

と、きいた。

「たしかテレビのニュースか新聞の記事かで、見て知っています。しかし、自分には、関係がないので、すぐに、忘れてしまいましたが」

と、いって、東海は、笑った。

「実は、身元が判明しなくて捜査に苦労しているのですが、今回、こんな手紙が、捜査本部に届きました。まず見てください。たった三行の手紙ですから」

と、いって、十津川は、手紙を東海に渡した。

東海は、その便箋に記《しる》されたパソコンの文字を、眼で追ってから、

「警察は、これを信用された。だから、私のところに来た。つまり、そういうことですか？」

「信用したとまでは、いえません。ただ、いまだに、被害者の身元が割れずに困っていたので、まあ、いってみれば、わらをも摑《つか》む気持ちとでもいったらいいのでしょうか、もし、ご存じでしたら、ぜひ、教えていただきたいのです」

と、十津川が、いった。

「できれば、知っていますと申し上げたいところですが、残念ながら、全く知らないのですよ。今、大事な興行を打っているところなので、他のことについては、全く関心がありません。そんな状況なので、このニュースについても、忘れてしまっていました」

「しかし、この手紙は、あなたが何かを知っている感じで書かれていますから、もし、ご存じでしたら、被害者の名前を教えていただきたい」

「残念ながら知りません」

「本当ですか？」

「本当ですよ」

「しかし、おかしいですね」

と、十津川は、わざと、首を傾げてみせた。

「どこが、どんなふうに、おかしいんですか？」

「この手紙の主は、あなた、つまり、現在、闘牛の興行をやっている、世界興業《コスモ》の社長であるあなたが、多摩川で見つかった、死体の身元を知っていると、書いている。それは、どうしてなんですかね？」

「私にも、分かりませんよ」

「この手紙の主は、明らかに、東海さんのことをよく知っています。その人がでためを書いて、警察に送りつけるはずはないと思うんですすよ。何かを知っている。だから、こんな手紙を書いた。今、東海さんは、闘牛の興行を、開いていますよね、東京体育館に闘牛場を作って」

「たしかに私は興行師ですから、面白そうだと思う興行は、引き受けています」

「現在、あなたの下で働いている人間は、何人ですか？」

「十人です」

「その十人に会わせてもらえませんか？　それがダメならば、十人の写真を見せていただけませんか？」

　と、十津川が、いった。

「弱りましたね」

　と、東海が、いう。

「しかし、あなたが社長で、この十人というのは社員でしょう？」

「いや、それが、違うんですよ」

「どう違うんですか？」

「十人とも全員、それぞれ独立した人間でしてね。正式な社員でもなければ、友だちでもありません。さまざまなプロが十人いるので、私が興行を打つ場合には、そのたびに、契約を交わして、その十人が、来てくれて手伝ってもらっているのです。今もいったように、一つの興行ごとに集まってもらってその興行が終わるとまた別れてしまう、そんな関係なのです。ですから、彼らの個人的なことについては、私は、何も知りません。あっさりとした関係なので、彼らについて雇い主でもない私が、あれこれいうのは間違いでしてね。そんなことをすれば、次の興行には皆さん、来てくれなくなってしまいますよ。個人情報が流れてしまうのは困るといってね」

　と、東海が、いった。

「仕事の時は、どんなふうにして、集まるんですか？」

「私が次の興行をやると分かると、自然に集まってくるんです。都内のホテルに泊まりながら、私の仕事を、助けてくれます。信用で、つながっているので、あの十人についていろいろと、警察にしゃべるわけにはいかないのです。そんなことが分かったら、私との関係をすぐに断《た》ち切って、消えてしまうに違いありません。そうなると、私も、興行を打てなくなります」

と、東海が、いった。

「それでは、十人の住所も分からないわけですか？」

「分かりません」

「名前はどうですか？」

「一応、名前を、呼んでいますから、それは、お知らせできますが、私は、それが、彼らの本名なのかどうかは確認していないのです。契約と信頼で、仕事を手伝ってもらっているわけですから、それ以上のことはいえないのですよ。皆さん、独立した人間ですから」

と、東海が、繰り返した。

「もう一人、秘書の方が、いましたね？」

「ええ。私の個人秘書です」

「普通の秘書とは、違うのですか？」

「彼女は、本来は、私がやっている世界興業《コスモ》の仕事を手伝ってもらうための、秘書ではありません。主に、私の個人的な問題について、働いてもらっていますから、十人のプロたちとは全く関係がありません。彼らと秘書は、一緒に食事をしたことも、ありませんし、お酒を飲んだことも、ありませんから、たぶん、彼女は、例の十人については、何も、知らないと思いますよ」

　と、東海が、いった。

「その個人秘書の方ですが、私に会わせてもらえますか？」

「それは、彼女にきいてみてください。もし、会いたいというのであれば、そうだ、私のほうから彼女に電話をして、十津川警部さんに連絡するようにいっておいてもいいですが」

　と、東海が、最後にいった。

　真由美に次の日、警視庁捜査一課の十津川という警部が、電話をしてきた。東海社長の了解は取ってあるので、ぜひ、会ってほしいという電話だった。

真由美は、十津川という警部にも、同行してきた亀井という刑事にも、この時初めて新宿のカフェで会った。

真由美は不思議な気がした。別に会う必要もないし、会いたくもないのだが、会わなくてはならない人間が、自然に、増えていくのである。

「正直に、いいますよ」

と、十津川が、いった。

「現在、私たち警視庁捜査一課は、多摩川の河原で殺されていた、中年男性の事件を捜査しています。身元が分からなくて苦労しているのですが、突然、奇妙な手紙が、捜査本部に、届きましてね」

と、いいながら、ポケットから例の手紙を取り出して、真由美に見せた。

真由美は、その短い手紙を、読んでから、

「それで、東海社長に、お会いになったんですね？」

「会いましたよ。東海社長に会って、あなたにも、会うことになったのです」

「でも、私は、何も知りませんよ。何しろ個人的な秘書ですから」

と、真由美が、いった。

「しかし、秘書ならば、いつも、東海社長のそばにいるんじゃありませんか？」

「いる場合もありますし、全く別に、動いている時もあります。興行当日の仕事では、私は、役に立ちませんから」

「では、ざっくばらんに、おききします。多摩川の河川敷で発見された身元不明の死体についてですが、あなたには、何か、心当たりがあるんじゃありませんか？」

と、亀井が、きいた。

「いえ。何もありません」

「われわれは、興行のたびに、東海社長の下に集まってくる十人のプロがいると聞いているのです。それで、東海社長に会ったり、東海社長の個人秘書であるあなたに、会っている。今は、こんなふうに考えています。身元不明の被害者がいますが、彼の名前は、あなたがいちばんよく、知っているのではないかとね。どうですか、違いますか？」

「違いますよ。名前も知りませんし、話をしたこともありませんよ。私は、あくまでも、東海社長の個人秘書で、興行の現場には関係ありませんから」

と、真由美は、繰り返した。

「失礼ですが」

と、十津川が、いった。

「あなたのことも調べさせてもらいました。社長と一緒にスペインなどの、たくさんの人たちに会って、闘牛士、マタドールにも会っていますよね？　少し前にはコロンビアに、これは、あなた一人で、行って、同じようにマタドールに、会っている。向こうで、N新聞の梶本という記者と知り合って、一緒に、取材をしたり、食事をしたりしていますね？　ここまでは間違いありませんか？」

「間違いありませんけど、私のことを、いくら調べたって何も、出てきませんよ。多摩川で見つかった死体とは、何の関係もありませんから」

「世界興業《コスモ》の東海元社長は、今回の事件に、関係がある。とすれば、その東海社長の個人秘書を、やっているあなたも、間接的ではあるにせよ、今回の事件に、何らかの関係があるに違いないと、にらんでいるのです」

「もう一つ、質問させてください」

亀井という刑事が急に、口を挟《はさ》んだ。

「あなたは、問題の牛を買うために社長のお供《とも》をして、四国の宇和島に行っていますね？　そこで、牛の持ち主に会って交渉して、五千万円で牛を買ってきた」

「ええ、たしかに行きましたけど、あくまでも社長のお供です。私が主体的に、動いたわけじゃありません」

と、真由美が、いった。

「その時、東海社長は、五千万円という大金を出してあのフジヤマ号を買っていますね？」

「ええ、たしかに、買いましたけど、買ったのは私ではなくて、東海社長ですよ。ですから、その件について、何か問題があるんでしたら、私にきくよりも、東海社長に会って、もう一度、話を聞くほうが、いいんじゃありませんか？　あの牛は、あくまでも、世界興業《コスモ》、東海社長の持ち物ですから」

と、真由美が、いった。

「宇和島には、予土線で入ったそうですね」

「ええ、東海道《とうかいどう》・山陽《さんよう》新幹線で岡山まで行き、岡山から高知を経《へ》て宇和島に着きました」

「東海社長は、あなたに、宇和島までの切符を用意させたわけですね。それで、疑問があるのですが、四国のいちばん西の外《はず》れにある宇和島ですよ。いちばん早いのは飛行機で行くことですが、どうして、飛行機にしなかったんですか？」

「それは、社長命令です。社長が飛行機ではなくて、鉄道で行きたいといわれたので、私は、その手配を、しました。それが、何か問題でも？」

「特に問題はありません。ただ、鉄道で、宇和島に行くのでしたら、予讃《よさん》線で、行くのが普通ですよ。ところが、あなたと東海社長は、かなり遠回りになる高知に行き、高知から、予土線を使って宇和島に行っていますね？　どうして、そんなルートを利用したのですか？　今もいったように、普通ならば、瀬戸内海《せとないかい》沿《ぞ》いを走る予讃線を使うのじゃありませんか？」

「それは、東海社長が、どうしても、高知に出て、予土線で、宇和島に行くルートを通りたいといったからで、その希望に応じて切符を買いました。ですから、私の考えじゃありません」

「それでは、なぜ、社長は、予讃線ではなくて、予土線を使うようにと、あなたにいったのか、その理由が、分かりますか？」

「それは、東海社長が、四国に行くのなら、どうしても、鉄道ホビートレインに乗りたい。そういったからです。鉄道ホビートレインが走っているのは予土線ですから、自然に、予土線の切符を買うことになったんです」

「鉄道ホビートレインというのは、たしか〇《ゼロ》系の新幹線を真似た、一両編成のディーゼルカーですね？」

「ええ、そうです。ディーゼルに〇系新幹線の覆面《ふくめん》をかぶせて、それを、走らせているんです。大して似てはいないんですけど、面白い列車です。ですから、東海社長も、一度は鉄道ホビートレインに、乗ってみたいと思っていたんじゃありませんか？　宇和島に、行くことになったので、どうしても鉄道ホビートレインが、走っている予土線を利用するようにと、私に指示されたんです」

「そうすると、東海社長は、鉄道ファンで、面白い車両に、乗りたがる。そういうことになりますね」

「私もそう思いますが、社長から聞いたことはありません」

素気《そっけ》なく、真由美が、いった。

第三章　缶コーヒー

1

十津川と亀井の二人の刑事は、次々に、質問を繰り出して、真由美を、なかなか放そうとしなかった。

「世界《コスモ》興業という会社は、一年、あるいは一年半に一度、大きな興行を、やってきていますね。現在は、世界を相手にした闘牛をやっていますが、一年前に、アメリカのヘビー級のボクサー、シンクス・ジュニアを呼んで興行を、打っています。当時、シンクス・ジュニアは、アメリカで刑事事件を起こしていて、チャンピオンの座を追われ、アメリカでは公式の試合ができなくなっていました。そのシンクス・ジュニアを東海社長は、わざわざ呼んできて、日本で興行を打っています。正式な試合ができないし、それに、日本には、ヘビー級のボクサーが少ないので、クラスの下の元ボクサー三人を、まずシンクスと戦わせ、シンクスが勝ったら、次は四人組、そしてさらに、五人組と相手の人数を、次々に、多くしていった。あなたは、この興行の時には、東海社長の秘書をされていたんですか？」

十津川が、きいた。

「はい、私は、その興行の時には、もう社長秘書として、採用されていたので、ボクシングの話は、聞いていますけど、興行には、直接的な関係はありません」

と、真由美が、答えた。

「しかし、この一年前の、興行については、知っていらっしゃる？」

「東海社長の秘書になったあとだったので、その話は知っています。でも、ただ単に知っているだけで、今も申し上げたように直接関わっていないのです」

「具体的にいうと、どんな形で知っていたんですか？」

亀井が、しつこくきく。

「たしか、シンクス・ジュニアは五人抜きまでやって、一人当たり一千万円の賞金を与えられています。ただ、シンクス・ジュニアは、その後、酔っ払って、新宿で暴れ、日本人とケンカをして、半殺しにしてしまいました。その時は相手も、酔っ払っていたので、示談で事が済まされ、シンクス・ジュニアは、アメリカに、帰国しましたが、すぐに死んでしまったと、聞いています。交通事故で死んだそうです。私が知っているのは、その程度のことです」

「一年前に起きた、その問題の事件については、社長の東海さんから、直接聞いたんですか？」

と、十津川が、きいた。

「いいえ、東海社長は、私には会社の話はほとんどしないのです。それで、社長の秘書として、世界興業《コスモ》が、どんな興行をやっているのかが、気になったので、一年前の興行についても、当時の新聞を読んで、知ったんです。ですから、知識としては知ってますが、実感がなくて」

と、真由美が、いった。

「分かりました」

と、十津川は、いってから、多摩川の河原で見つかった、死体について、もう一度、質問をした。

「何でも、世界興業《コスモ》では、興行を打つ時に十人の人間を、集めるそうですね。東海社長にいわせると、彼らは正式な社員ではなくて、興行をやるごとに集めるのか、自然に集まってくるのか、そういう十人だそうですが、私たちは、多摩川の河原で殺されていた被害者の中年の男が、その中の一人ではないか？　十人の中の一人が、多摩川の河原で、死んでいたのではないか？　そう思えて仕方がないのですが、この男について、本当にご存じありませんか？」

「ええ、全く、覚えがありません。今も申し上げたように、私は、興行そのものとは、あまり関係が、ありませんから」

と、真由美も繰り返した。

2

二人の刑事が帰ったあと、真由美は、梶本に、電話をかけた。

「梶本さんに、ちょっとおききしたいことがあって」

と、真由美が、いうと、梶本は、調子よく、

「そうですか。実は、私も、あなたに話したいことが、あるんですよ」

と、いい、新宿西口のカフェで会うことになった。

真由美は、梶本の顔を見るなり、

「警視庁捜査一課の刑事さんが、二人やって来て、いろいろと、聞かれました」

と、いった。

梶本は、ニヤッと笑って、

「やはり、あなたに、会いに行きましたか」

と、いう。

「それじゃあ、梶本さんは、全部知っているんでしょう、何のために、二人の刑事が、私に会いに来たのか」

「大体の想像はつきますよ。刑事が、あなたに、きいたのは、多摩川の河原で死体になって発見された中年の男のことでしょう？」

「刑事さんは、その死体について、世界興業《コスモ》の東海社長がよく知っているはずだという内容の手紙が、捜査本部に届いたと、いってました。もしかしたら、その手紙は、あなたが、書いたんじゃないんですか？」

真由美が、きいた。

梶本は、真由美の質問にはイエスともノーともいわず、

「まあ、コーヒーでも、飲みながら、ゆっくり話し合おうじゃありませんか？」

と、落ち着いた声でいい、二人分のコーヒーを注文した。

真由美は、興奮して、ノドが渇《かわ》いていたので、運ばれてきたコーヒーを、口に運んでから、

「今の質問に答えてください。警察に、密告の手紙を書いたのは、あなたなんでしょう？」

と、繰り返した。

「密告はひどいな。それに、その手紙を警視庁の捜査本部に、送ったのは、私じゃありませんよ」

「じゃあ、いったい誰が警察に、東海社長のことを、手紙で知らせたりしたんですか？」

「そんなことは、私にも分かりませんよ。それより、どうなんですか、多摩川で殺された男は、十人の中の一人じゃないんですか？　あなたは、男の顔を覚えているんじゃありませんか？　刑事は、だからこそ、あなたに会いに来たのではありませんか？」

梶本が、矢継《やつ》ぎ早《ばや》にきいてくる。

「前にもいいましたが、私は、東海社長の個人秘書で、十人の人と、近くで一緒に仕事をしたことは、ないんです」

「でも、会ってはいるんでしょう?」

「遠くから見ただけで、話をしたこともありませんよ」

「刑事に、どんなことを、きかれたんですか?」

梶本が、きく。

「一年前に、世界興業《コスモ》が、シンクス・ジュニアというアメリカのヘビー級のボクサーを呼んで、興行を打ったことがあって、その時のことを、いろいろときかれました。私は、その興行には直接関わっていないので、興行のことは、何も知りませんと、答えました。私は興行があったことは知っているが、細かいことまでは知らないと、いったんです」

と真由美がいうと、梶本は、

「私も、一年前のボクシング興行に関心があるんですよ」

梶本は、ポケットから何枚かの写真を取り出すと、テーブルの上に、並べた。

そこに写っているのは、アメリカのヘビー級ボクサー、シンクス・ジュニアと、彼と対戦した日本人ボクサーたちとの試合の様子だった。その中には、シンクスの一撃を受けて倒れている、元ライト級の日本人ボクサーの写真もあった。

「今回と同じように、東京体育館に、特設のリングを作って、試合を行なったのですが、二回目の試合の時に、会場に行って、写真を撮ったんですよ。一回目が、引退した日本人の元ボクサー三人との試合で、シンクスは、三人を簡単にKOしてしまって、一週間後に、今度は、四人と戦って、それにも、簡単に勝って、さらに一週間後には、五人と試合をしたんです。いったい、どこまでいくのか、みんなが、興味を持って見ていたんですが、三回目に勝った翌日の夜、シンクスは新宿で飲みましてね。酒には強かったのですが、酒乱の気《け》があって、歌舞伎町《かぶきちょう》のクラブで、日本人の酔っ払いとケンカをして、相手を殴《なぐ》って、半殺しにしてしまったんですよ。その時、現行犯で、逮捕されました。それでも、最初に殴ったのは日本人のほうだったというので、シンクスは釈放され、逃げるようにして、アメリカに帰っていきましたが、帰国して一カ月後に、交通事故で死んでしまったと聞いています。これが、一年前に、世界興業《コスモ》がやった興行ですが、このことは、あなたも、調べて知っていたんでしょう？」

　と、梶本が、きいた。

「ええ、知っています」

　と、真由美は、肯《うなず》いてから、

「一年前の興行では、最後は変なことになってしまいましたけど、別に、うちの会社や東海社長が、刑事事件を、起こしたわけではないので、興行としては、成功したんじゃありませんか？　今回の興行も、お客さんがいっぱい、詰めかけてきたし、一年前の興行の時も、お客さんが、たくさん入ったんでしょう？」

「たしかに、お客は、たくさん、入っていますよ。しかし、一年前の興行について、私は、世界興業《コスモ》が、ビジネスとして、経済的に成功したのかどうか、必要経費などを、計算して調べてみたんですよ」

真由美も急に、梶本の話に、興味を感じて、

「それで、どういう結果に、なったんですか？」

と、きいた。

「まず収入のほうですが、入場料はリングサイドは十万円。他は一律一万円と高かった。それを三回やったんですが、満員として計算すると六千六百万円になる。正式に世界興業《コスモ》に入ったお金というのは、これしかないんですよ。それに対して、世界興業《コスモ》が、アメリカ人のボクサー、シンクス・ジュニアを、呼ぶのに、五千万円、三回の興行を打って、シンクスが倒した日本人の元ボクサーの数は十二人で、一人当たり五十万円の出場料を払い、懸賞金がかかっていましたから、勝ったシンクスに一億二千万円払っています。他にも体育館の使用料が一日一千万円。宣伝費だって、あります。とても儲《もう》かるような、興行じゃありませんよ。それなのに、この興行は、成功した

と、東海社長は、いっているんです。どうしてそういう計算になるのか、私には、不《ふ》思議《しぎ》で仕方がないんですよ。その秘密が知りたくて、今回の興行にも、首を突っ込んでいるんですけどね。いぜんとして、世界興業《コスモ》が儲かる仕組みというのが分からない。社長秘書のあなたは、どう思いますか？」

「私にも、分かりませんけど、東海社長は、悠々《ゆうゆう》として、いますから、どこかで、儲かっているんじゃないですか」

　と、真由美が、いってから、

「あなたは、新聞記者なんでしょう？」

「ええ、あまり大きくはない、新聞社ですけどね。一応、そこの社会部の記者ですよ。だからこそ、事件に、関心があるのです」

「多摩川で見つかった中年男性の死体ですけど、身元が分かったら、どうなるんですか？」

　と、真由美が、きいた。

「もし、被害者が、世界興業《コスモ》と関係のある十人の中の一人だったら、殺人事件ですからね。警察は、徹底的に、世界興業《コスモ》と東海社長のことを、調べると思いますよ。そうなったら、何か、分かるかもしれないと期待しているんですがね」

と、梶本が、いった。

3

しかし、多摩川の河原で発見された中年男の身元は、なかなか、判明しなかった。捜査本部に届いた、手紙についても、肝心《かんじん》の世界興業《コスモ》の社長、東海元が、否定してしまえば、それ以上、警察としても、突っ込むことができないのである。

世界興業《コスモ》のほうは、また、マタドールがフジヤマ号に、負けてしまったので、賞金を増やし、世界中のマタドールに対して、挑戦を呼びかけていた。

そんな時に、真由美にまた、梶本から、電話がかかってきた。

「二日か三日、休暇を取れませんか?」

と、電話口で、いきなりいう。

「闘牛の興行がまだ、途中ですから、三日なんて、とてもダメですけど、二日くらいなら、何とか」

真由美が、答えると、

「いいですよ、二日でも、構いませんよ。あなたに、一緒に行ってもらいたいところがあるんです」

　と、梶本が、いった。

「どこです？」

「実は、四国の予土線に、乗ってみたいんですよ」

　と、梶本が、いった。

「どうして予土線に、乗りたいんですか？」

「今回の興行で、フジヤマ号を手に入れるために、あなたと、東海社長は四国の予土線に乗って、宇和島に、行ったわけでしょう？」

「ええ」

「私も予土線に乗ってみたいんですよ」

「あなたが、調べていることと予土線が、何か関係が、あるんですか？」

「関係があるかどうかが、はっきりしないから、ぜひとも、乗ってみたいんです。実は、一年前の興行の時も、世界興業《コスモ》は、アメリカ人のヘビー級のボクサー、シンクス・ジュニアに大金を出して招待しました。ただ、しばらく、試合をしていないので、体が動かないというので、わざわざ沖縄《おきなわ》に連れていって、一週間の練習を、させているんです。その時も、私は沖縄に行って、いろいろと調べてみました。ですから、今回も、調べてみたいんです」

と、梶本が、いった。

一瞬、真由美は、黙って、考え込んだ。その後で、

「二日だけなら、お付き合いさせてもらいますよ」

と、答えた。

4

翌五月二十九日、二人は、羽田《はねだ》空港で落ち合い、空路、高知に、向かった。真由美は二日しか、休みが取れなかったので、時間が貴重だったからである。

真由美は、もちろん、最初から、飛行機代など自分の分は、払うつもりだったが、梶本は、会社から、取材費が出ているといって、真由美の分の飛行機代も、持つことになった。

高知に着くと、土讃線で窪川に向かい、窪川からは予土線で、宇和島に向かうことになった。

窪川からは、真由美が東海社長と一緒に乗った、ホビートレインに乗ることにし

た。一両の鉄道ホビートレインとトロッコ列車の車両が、連結した二両編成である。

動き出してから、梶本は車内を見廻して、

「たしか、このホビートレインに、乗ってみたいといったのは、東海社長でしたよね？」

「ええ、どうしても、この、ホビートレインに乗りたいといわれたので、そのように、切符を手配しました。東海社長は、このホビートレインが、よほど気に入っていたんだと思いますよ」

「男のロマンですかね？」

と、いって、梶本が、笑った。

「そういえば、うちの社長も、男のロマンというようなことを、いっていましたけど」

と、いって、真由美も、笑った。

相変わらず、ニセの新幹線は、人気があって、子供の乗客が、多かった。○《ゼロ》系新幹線の座席が四つ、ホビートレインのほうに置かれているので、その座席を、奪い合って、子供が騒いでいる。

「あなたももちろん、東海社長と一緒に、このホビートレインに、乗ったんですね？」

「ええ」

「その時、何か、気になることはありませんでしたか？」

と、梶本が、きいた。

「気になることって？」

と、オウム返しにきいてから、真由美は、ふと、眼を閉じた。

（そういえば、あの時）

と、思いながら、眼を開けた。

「走り出してから少しして、眠ってしまったんです」

「眠ったんですか？　しかし、あなたは、東海社長と一緒に、初めて四国まで来て、問題の牛を、見に行くところだったんでしょう？　大事な仕事ですよね？　それなのに、眠ってしまったんですか？」

梶本が、とがめるような口調で、いった。

「たぶん、疲れていたんだと、思います。切符の手配とか、いろいろなことを、自分一人で、やりましたから」

と、真由美が、いった。

「それで、どのくらいの時間、眠って、いたんですか？」

と、梶本が、しつこくきく。

「窪川から、宇和島まで二時間くらいかかるとすると、一時間くらいは寝てしまっていたと、思います」

「そして、眼をさました？」

「ええ」

「あなたが、眼をさました時ですが、東海社長に、何か変わった様子は、ありませんでしたか？」

「いいえ、別に。社長が、『仕方がないよ。春だし、四国だからね』と、声をかけてくれたことを、覚えているんです」

と、真由美が、いった。

真由美は、また、眼を閉じて考えた。そうすると、あの日のことが、鮮明に思い出されてきた。

たしかに、ホビートレインが、走り出してすぐ、真由美は眠りこんでしまったのである。

梶本がいうように、あの時は、緊張もしていた。何しろ、東海社長と仕事で、一緒に四国まで、乗っていったからである。それなのに、疲れて、眠ってしまったのだ。

(本当に、疲れていたのだろうか?)

ふと、考える。

真由美は、まだ、二十五歳と若い。少々疲れたくらいで、社長のそばで、眠ってしまったのは、不思議に思えてくる。

たしか、あの時、社長が駅で買ったという缶コーヒーを一本、ふたを廻して開け、真由美にくれたのだ。その後で、真由美は眠ってしまった。

(まさか)

と、真由美は、思う。

しかし、疲れて眠ってしまったというのは、何となく、しっくりとしない。

だが、もし、あの缶コーヒーの中に、眠り薬が入っていたとすれば、眠ってしまってもおかしくはない。

「どうしたんですか?」

と、梶本が、きいた。

「ところで、東海社長は、旅に出る時に、携帯電話を、持っていきますか?」

「ええ、もちろん」

「それで、よく携帯を、かけていましたか？」

「それは、会社の社長ですから、社長のほうからも、かけていたし、朝といわず夜といわず、電話が、かかっていましたよ。ただ、その内容については、私には、何も分かりません。今回の闘牛の件は、私にとって、大きな仕事でしたから」

と、真由美が、いった。

ゆっくりと終点の宇和島に着いた。

「これからどうするんですか？　あの牛を売ってくれた、仁村良吉さんに会いに行くんですか？」

と、真由美が、きいた。

「せっかく、ここまで来たのですから、仁村さんの都合が、悪くなければ、会うつもりですが、あなたは、どうしますか？　一緒に会いますか？」

と、梶本が、きくと、真由美は、一瞬考えてから、

「私は遠慮しときます」

「どうしてですか？」

「こんなところまで、新聞記者のあなたと一緒に来て、いろいろと聞いて廻ったということが耳に入れば、東海社長は気を悪くするでしょうから」

と、真由美が、いった。

5

真由美が先に宇和島の旅館に入り、梶本一人が、あの牛を売った、仁村良吉に会うために、出かけていった。

梶本が旅館に戻ってきたのは、夜になってからだった。

旅館で二人で夕食を取る。

「仁村さんに会って、何か、分かりました?」

と、真由美が、きいた。

「いや、何も分かりませんでした。ただ、今でも、仁村さんは、東海社長が、自分の牛を五千万円で、買ってくれたことに、感謝していましたよ」

と、梶本が、いった。

翌朝、旅館で朝食を取りながら、

「帰りも、ホビートレインに乗っていこうじゃありませんか。何となく、もう一回、乗りたくなりました」

と、梶本が、いった。

つづけて、

「東京に帰るのが、少し遅くなりますけどね」

と、いうと、

「それは、構いません。幸い、世界興業《コスモ》の興行のほうも、うまくいっているようで、それだけ私の仕事が少なくなるんです」

と、真由美が、いった。

「もしかして、梶本さんも鉄道ファンなの？」

自然に質問が出ると、梶本が、笑った。

「多少は、その気が、ありますがね。私が気になっているのは、東海社長と鉄道ファンというのが、どう考えても、結びつかないことです。今までずっと関心があって、東海社長のことを、いろいろと、調べているんですが、社長には、鉄道ファンとか、模型ファンとか、あるいはホビートレインファンとか、そういう一面は、何も見えないんですよ。それなのに、四国では、突然、ホビートレインファンになったんで、ビックリしているんですよ」

二人は、ホビートレインの時刻表に合わせて旅館を出た。

朝から快晴で、初夏というよりも、梅雨明《つゆあ》けの感じである。

ホビートレインに乗り込むと、真由美は、どうしても、模型のことを思い出して考え込んでしまう。

そんな顔色を見ていたのか、梶本が、

「何か、考えていますね？」

と、いった。

真由美は、急に話したくなって、ホビートレインの模型を、社長の東海にプレゼントしたこと。その模型が一時なくなったはずなのに、見つかったと嘘《うそ》をいって、東海社長が、買い直したらしい模型を見せてくれたことなどを、梶本に一方的に話した。

梶本が、この真由美の話に、異常なほどの興味を示した。強く肯きながら聞いている。

「私は」

と、真由美が続けて、いった。

「これは、東海社長が、私のあげた模型をなくしてしまって、それを悪いと思い、密《ひそ》かに買ってきて、私に見つかったといったのではないか、嘘をついていたのではないかと、思っていたんですけど」

「なるほど。たしかに、それも、あるかもしれません。しかし、違う目的で、東海社長が、わざわざ、模型を買ってきて、あなたに、見せたとすれば、それは、単なる、人柄のよさ、心配をかけまいとする優しさではありませんね」

と、梶本がいう。

「梶本さんには、どんなふうに思えるんですか？」

気になって、真由美が、きいた。

「そうですね」

と、ちょっと考えてから、梶本がいった。

「例《たと》えば、あなたのあげた模型を、何か別のことに、使ってしまった。そのことを隠したいから、わざわざ、自分で模型を買いに行って、見つかったと、あなたに、嘘をいった。そんなふうにも思えてしまうんですよ」

「どうして、東海社長がそんなことまでするんですか？」

「そこが、難しいところなんですよ。難しいですが、同時に、興味を感じるところでしてね。やはり、東海社長が、あなたのあげた模型を、自分の楽しみにしているのではなくて、他のことに使った。だとしても、しかし、それが、どんなことなのかが、どうにも分からないのです。分からないから、なおさら、興味があるのかもしれない」

と、梶本が、いう。

その後、梶本は、窓の外の景色に、眼をやりながら、しばらく、黙っていた。

列車が、終点の窪川に近づいたところで、梶本が、いった。

「昨日、宇和島駅の駅員に、聞いてみたんですよ。あなたが、東海社長と一緒に宇和島に来た日に、予土線の沿線で、何か、変わったことがなかったかを、調べてもらいました」

「そうしたら？」

「駅員は、鉄道ホビートレインが、六分遅れたくらいで、普通の一日でしたといっていました」

「そうでしたね。私はあの日、予土線に乗っていたんですけど、何も、ありませんでしたから」

と、真由美も、いった。

列車が窪川に到着すると、今度は、真由美が、

「自動販売機で、缶コーヒーを、買いたいんです」

と、いった。

「買ってきましょう。どっちが、いいんですか？　温かいほうですか、それとも、冷たいほうですか？」

と、梶本が、きいた。

「冷たいほう」

と、真由美が、いった。

梶本が、すぐに、自動販売機で缶コーヒーを買ってくれた。

しかし、真由美は、すぐに、それを飲むではなく、黙ってハンドバッグに、入れてしまった。

「飲まないんですか？」

と、梶本が、きく。

「後で飲みます」

とだけ、真由美が、いった。

乗り継ぎの、高知駅でも、真由美は、今度は自分で、自動販売機から冷たい缶コーヒーを買い、それをまた、ハンドバッグの中に、しまい込んだ。

最後は岡山駅である。岡山駅でも、真由美は自動販売機で、缶コーヒーを買い、それから、売店でも、缶コーヒーを買った。

全部で四本である。岡山で新幹線に乗ってから、真由美は、四本の缶コーヒーを引き出したテーブルの上に並べた。

隣に座った梶本が、笑いながら、

「その四本を、一人で、全部飲むつもりですか？」

と、きいた。

真由美も、笑って、

「一人で、四本全部は、飲めません。梶本さんも、半分飲んで」

と、四本のうちの二本を、梶本のテーブルに、載《の》せた。

東京行の新幹線が、動き出した。

しゃべりすぎてノドが渇いていたのか、梶本は遠慮なく、一本目の缶コーヒーを開けて、一息に、飲み干《ほ》した。

「この季節になると、やっぱりコーヒーはうまいですね」

と、梶本が、笑顔で、いった。

だが、真由美は、テーブルの上に載せた二本の缶コーヒーを、黙って見つめているだけで、一向に、飲もうとはしない。

「どうしたんですか？　毒なんか入っていませんよ」

と、梶本が、おどけていった。

「違うんです」

と、真由美が、いった。

「違うって、いったい、何が違うんですか？」

「予土線に乗ってから、東海社長が、私に缶コーヒーを、くれたんです」

「同じような冷たい缶コーヒーだったんですか？」

「ええ、冷たいコーヒーでした」

「どうして、缶コーヒーを四本も買ったのですか？　そんなに、飲みたそうに見えないけど？」

「だから、違うんです」

「何が違うんですか？」

「予土線のホビートレインに乗ってから、東海社長が、私に缶コーヒーをくれたんです」

「そのことは、今聞きましたよ」

「それを飲んだ後、私は、眠ってしまったんです」

「それで、何か気になるのですか？　缶コーヒーの中に、睡眠薬でも入っていたと、思っているんですか？」

「それは、もう、分かりません。でも、あの時、東海社長にもらった缶コーヒーのラベルと、同じ図柄のものが、今日、岡山や高知や窪川の自動販売機や売店には、なかったんです。だから、あの缶コーヒーは、東海社長が、東京の自宅から、持ってきたのではないか？　そんな気がしてきたんです」

と、真由美が、いった。

「ちょっと、待ってくださいよ。今、あなたは大変なことをいったんですよ。分かっていますか？」

と、真顔になって、梶本が、聞いた。

「ええ、もちろん分かっています。分かって、いっています」

「東海社長は、あなたを、予土線の中で眠らせようと考えて、わざわざ、東京の自宅から睡眠薬入りの、缶コーヒーを冷たいまま持ってきたことになる。それを飲ませて、あなたを眠らせた。ただですね、それが事実だったとしても、東海社長が、なぜ、そんなことをしたのかが、分からない。別にあなたを誘拐《ゆうかい》しようとしたわけじゃない。さっきもいったように、あなたと東海社長が予土線に乗った日について聞くと宇和島駅の駅員は、六分の遅れ以外は、別に何もなかった。ごく普通の一日だったと、証言しているんです。こうなると東海社長が、いったい何のために、あなたに、睡眠薬入りの缶コーヒーを、飲ませたのか、その理由が、分からなくなってしまう」

「私にも、分かりません。こうなると、缶コーヒーの中に、睡眠薬が入っていて、それを飲んだので、眠ってしまったのか、疲れていたから、眠ってしまったのか、今になると、私自身にも分からないんですけど、やたらに気になってもいるんです」

と、真由美は、いった。

「東海社長が、好きなんですか？」

いきなり、梶本が、きいた。

一瞬、「え？」と絶句し、そのことに腹を立てて、

「何なんですか？　変な質問をして」

と、梶本を睨《にら》んだ。今度は、梶本のほうがあわてた感じで、

「すいません。何となく、そんな感じがしたんです」

と、謝《あやま》ってから、

「冷静に考えると、東海社長の行動には、おかしなところがあると思ったんでしょう？　そうでなければ、四本も、缶コーヒーを買うわけはありませんからね」

「ええ。でも、結局、何も分からない。社長が、私に睡眠薬入りの缶コーヒーを飲ま

せたとしても、理由が全く分からないんですから」

「普通に考えて、あなたを眠らせたとすると、どんなことが考えられるんだろう？」

「そうね」

と、真由美は、少し落ち着いた気分になって、

「第一は、殺すことかしら。トロッコ車両のほうなら、窓ガラスがないから、走っている列車から、眠っている私を、突き落とすことは、できる。でも、それはなかった」

「次は、誘拐でしょうね。あなたを眠らせておいて、気持ちが悪くなったことにして、途中の駅で降ろし、そこから車で運べば、誘拐は成立します」

「私も同じことを考えました。でも、なぜ、旅先で、誘拐しようとするのか、理由が分からないし、現実に、誘拐されていないから、首を傾《かし》げてしまうんです」

真由美にしてみると、堂々めぐりに、なってしまうのである。

「社長が、計算違いをしたのかな？」

と、梶本がいった。

「計算違いって？」

「社長は、あなたを、もっと長い時間、眠らせておくつもりだったんじゃないかとい

うことです。ところが、あなたが、予想よりも早く眼をさましてしまったので、社長は、何もできなかったという考えです」

「ええ？」

「薬に強いほうですか？　人一倍、肝臓が強い人は、麻酔、いや、睡眠薬が効《き》かないといいますからね」

「私は、普通だと思います。市販の睡眠薬で、簡単に眠ってしまいますから」

「窪川と、終点の宇和島との途中で、眼がさめてしまったんでしょう？」

「ええ」

「時間的には、一時間くらいで、眼がさめたんですね？」

「ええ。そのくらいだと思います」

「社長は、その間に、何かしたのかな？　あなたに、それを見せたくなかったので、眠らせておいた」

「私を、殺したり、誘拐したりしないで？」

「そうです。社長は、予土線の車内で、何かやろうとしていた。が、それを、あなたに見られたくないので、その間だけ、眠らせておいたということなんですが」

「でも、おかしいわ。あの日、予土線の車内では、何も起きていないんでしょう？」

「そうなんです。宇和島の駅で聞いた限りでは、事件らしいことは、何もなかったといっています」

「それに、私が邪魔だったら、社長が、私を連れて行かなければ、いいんですから」

「あなたが、アリバイの、証人になるように、しておいたのかもしれませんね」

と、梶本がいい、そこで、会話が途切れてしまった。

6

その日の夜、東京に着くと、真由美は、すぐ、ホテルにいる東海社長に電話をかけ、

「丸二日空けて申しわけありません」

と、詫《わ》び、

「明日は、間違いなく、時間どおりに、電話します」

「こちらは、大丈夫だよ。次のマタドールが、決まった。もう引退していたが、伝説的な人物だから、大いに人気が取れると思う。観客も、増えるだろう。アルゼンチンの英雄で、名前はピノ・アデアン。明日の午後、成田に、同国人のマネージャーと一

緒に到着する。早々で悪いが、明日、迎えに行って、この帝国ホテルに案内してくれ。ホテルの部屋は、すでに取ってある」

「それでは、明日午前九時に、写真をいただきにあがります。それから、英語は通じますか？」

「ピノ自身は、駄目《だめ》だが、マネージャーは、大丈夫だ。ピノの息子で二十五歳。アメリカ生活が長いそうだ。なかなかのイケメンだというから、気をつけなさい。君に辞《や》められると困るから」

と、いって東海は、電話の向こうで笑った。

翌日、午前九時に、真由美は、帝国ホテルに泊まっている東海に会いに行き、ピノ・アデアンと、その息子でマネージャーの写真を受け取ってから、成田に向かった。

二人の乗った、アルゼンチン航空機の到着は、一四時〇五分の予定だったが、三〇分おくれるというアナウンスがあった。

真由美は、じっと動かずに待っている気になれず、足は自然に、みやげもの店に向かっていた。

例のホビートレインの模型は、また仕入れたのか、一台だけ、棚の隅《すみ》に置かれていた。

四国の予土線を走っているホンモノは、あれだけ人気があるのだから、こちらの模型も、すぐ売れそうなものである。それが売れ残っているのは、鉄道模型の大手、例えばカトーといった会社が、作っていないので、頭から探そうとしないのかもしれない。


真由美は、少し迷って、その模型を買ってから、到着ロビーに戻って行った。

アルゼンチン航空機は、さらに五分、おくれて到着した。

問題の二人は、先頭で、ゲートを出て来た。

写真を見ているので、真由美は、すぐ、二人を見つけた。

ピノ・アデアンは、五十代くらいだろう。痩《や》せて背の高い男だった。

息子のマネージャーは、さらに、背が高く、三十前後に見え、東海のいうように、色白な美男子だった。

真由美が声をかけると、マネージャーのアーノルド・アデアンのほうは、ニッコリしたが、ピノ本人のほうは、突っ立ったまま、真由美を睨んでいる。何か短く叫んだが、何をいっているのか分からない。

息子で、マネージャーのアーノルドが、笑顔のまま、

「東海社長は、来ていないのかと、いっています」

「申しわけありませんが、社長は仕事があって、ホテルのほうで、お待ちしていま
す」

「――――」

相変わらず、ピノは、何かいったが、分からない。

アーノルドは、

「父は不満のようですが、私は、あなた一人のほうが嬉《うれ》しいですよ」

と、小声でいって、また、ニッコリした。

真由美は、二人を、待たせておいた、ハイヤーに案内した。

二人を帝国ホテルに案内するまでの間、父親のピノのほうは、一言も喋《しゃべ》らず、息子のアーノルドのほうが、ひとりで喋り続けていた。

真由美は、適当に相槌《あいづち》を打ちながら、ホビートレインの模型のことや、梶本との会話の中で芽生《めば》えた、東海社長に対する疑惑を、頭の中で、持て余していた。

第四章　疑惑

1

真由美は、二人を帝国ホテルに案内したあと、その旨《むね》を携帯で、東海社長に報告した。

「ありがとう」

と、明るい声で、東海が、いう。

「今日は、他にはやらなくてはいけない仕事もないから、そこからまっすぐ家に帰っても構《かま》わないよ」

真由美は、ラウンジで一休みしてから家に帰ることにした。

真由美は、チーズケーキを食べ、コーヒーを、飲みながら、

（この頃少し疲れやすくなった）

と、思った。それは、体の疲労ではなく、精神の疲労だった。いろいろと考えなければならないことが起きていたからだった。

それを、自分には関係がないことと思うようにもしていた。

急に、子供の声がしたので、顔を上げると、ちょうど隣のテーブルに、十歳くらいの男の子を連れた中年の女性が、座るところだった。

母親と息子だろう。母親のほうは、誰か、人を待っているらしい。子供が騒ぎそうなので、ケーキを注文して、黙《だま》らせようとしていた。

だが、男の子は、一向《いっこう》に、騒ぐのをやめようとはしない。そのうちに、母親はバッグから、小さな箱を取り出して、

「これで遊んでいなさい」

と、いった。

真由美が見ると、それが何だか、すぐに、分かった。ＳＬの模型だった。男の子は、嬉《うれ》しそうに箱から取り出して、それを見ている。

母親のほうは、待っていた男が来て、そちらとの会話に、夢中になっている。

男の子は、そのうちに、テーブルの上でＳＬを、手で走らせ始めた。母親が、それ

た。

を見て、

「ここではダメですよ」

と、叱《しか》った。

男の子は、急に真由美のほうにやって来て、こちらのテーブルでSLを動かし始めた。

(男の子らしいわ)

最初は、そう思っていたが、そのうちに真由美の表情が、強張《こわば》ってきた。あのホビートレインのことを思い出したからだった。

子供は、そのうちに、だんだん図々《ずうずう》しくなって、真由美のテーブルの上全体で、SLを走らせ始めた。

真由美はあわてて、残っていたコーヒーを飲み干《ほ》した。こぼされては、たまらないと思ったからである。

そのうちに、子供は、真由美の隣のテーブルに、遠征していった。そこまできて、母親が、やっと、子供を連れ戻した。

真由美は、その光景を黙って見ていた。いや、正確にいえば、その光景を見ていたのではなく、自分の頭の中の光景を、見ていたのである。東海社長と鉄道ホビートレインに乗った、あの日の光景である。

子供は、しばらくの間、おとなしく母親の隣に座って、一人で遊んでいたが、そのうちにまたSLの模型を持って、今度は、さらに遠くに遠征を始めた。他のテーブルに行って、そこでSLを走らせようとするのである。そんな子供の様子を、笑って見ているお客もいれば、追い払うお客もいる。

そんなことが一〇分近くも、続いただろうか、さすがに、怒ってしまう人が出てきて、その子供を母親のところに、戻そうとする。

母親は、知人の男性との会話が済んだのか、少しばかり、邪険に、男の子の腕を取ると、ラウンジを、出ていった。

真由美は、すぐには、席を立てなくて、新しくアイスティーを頼んだ。少し冷たいものを口にして、冷静に、今見た光景を、反芻《はんすう》しようと思ったからである。

頭には、どうしても、今、子供が遊んでいたSLではなくて、鉄道ホビートレインの模型のことが、浮かんでくる。

問題は、その後の推理だった。自分の頭の中に浮かんでくる推理を、真由美は、もて余していた。

とうとう自分では、処理できなくなって、真由美は、新聞記者の梶本に電話をかけた。

「今、ヒマだったら話したいことがあるんだけど」

と、いうと、

「今どこ？」

と、梶本が、きく。

「帝国ホテルの一階ラウンジ」

「それなら、すぐ行く。うちの会社の近くだから」

と、梶本が、いった。

一五、六分して、梶本が現われた。

真由美のテーブルに、腰を下ろし、コーヒーを注文してから、

「何かあったの？」

と、きく。

「笑わないで聞いてほしいんだけど」

真由美は、ついさっき、自分のテーブルの周辺で起きたことを、梶本に話した。

真由美と梶本の、二人の間は、だいぶうちとけていた。

梶本は、真由美の話を、聞き終わると、

「それは母親が悪い。こういうところは、子供を遊ばせるところじゃない。それが分かっていないんだ」

と、いう。

真由美は、笑って、

「私がいいたいことは、そういうことじゃないの。初めて、うちの社長と二人で、四国の宇和島に行った。表向きは、宇和島にすごく強い牛がいるというので、その牛を買いに行ったんだけど」

「その話なら、覚えているよ。君と、何回もその話をしたし、一緒に、宇和島にも、行ったからね。そのことと、わがままな男の子と、どう結び付くんだ？」

と、梶本が、きく。

「あの時、東海社長は、本来なら予讃線を使うべきなのに、鉄道ホビートレインを見たいからといって、予土線を、使ったのよ。それから、私が鉄道ホビートレインの模型をあげたら、社長は、どこかで、なくしてしまったといっていた。そのくせ、後になって、なくなったと思っていた鉄道ホビートレインの模型が、見つかったといって、私に見せたわ。でも、その模型は、わざわざ、社長が成田空港の店に行って、買ってきたと、分かっているの。こうした一連の事件のことを思い出して、今日、男の子が、SLの模型を、持って遊んでいるのを見て、少しばかり、イヤな思いになっているのよ。そのことは、梶本さんにも、分かるでしょう?」

と、真由美が、いった。

「ああ、もちろん分かるよ。君がいいたいことは、東海社長の本来の仕事が、日本にマタドールを、呼ぶことではなくて、別のことではないのかということだろう? それが、何となく恐ろしいことのように思えて仕方がないんじゃないのか?」

「そうなの。そんなことは、信じたくないんだけど」

「その気持ちも分かる」

「私の勝手な、妄想《もうそう》かしら?」

「そのことについて、ゆっくり話したいから、とにかく、ここを、出よう。周《まわ》りを気にしたら、本音《ほんね》で話ができないからね」

真由美を促《うなが》して、梶本は、さっさと立ち上がった。

2

梶本は、車で真由美を自分の新聞社に連れていき、応接室に案内したあと、

「さあ、何でも聞くよ」

と、促した。

「ひょっとしたら、私の妄想かも、しれないんだけど」

と、断わってから、真由美は、今考えていることを口にした。

「私が今の世界興業《コスモ》に入社してから、三年になるの。ただ、会社に就職したといっても、ほとんど、社長さんの個人秘書という感じで、社長さんの用事で、動くことはあっても、実際の興行で何かをやった覚えは、今のところ、本当に何一つとしてないの。それで冷静に、見ることができたのかもしれないけれど、今回の、四国の強い牛と世界のマタドールの試合で、私は、世界興業《コスモ》の仕事に関わったんだけど、この前、あなたがいったように、どう見ても、儲《もう》かっていないの。たしかに、世界興業《コスモ》の興行は、お客さんが、たくさん入って、うまくいっているかもしれないけど、出費が多くて、利益を上げているとは、とても、思えない。それでもうちの会社は、倒産しないし、逆に、資産が増えているような、気がするのよ。社長の個人資産も年を追うごとに、増えているらしくて、冷静に考えてみると、なぜ、興行自体は、赤字なのに、社長の資産が、増えていくのか？　その上、世界興業《コスモ》という会社が、大きくなっていくのかが、私には、分からなかった。何か他に、仕事をやっているんじゃないのかと、そんなふうに、考えたこともあるわ。何しろ、興行が始まると、十人の人たちが、集まってきて、その人たちが、興行の運営をやっている。ところが、興行が終わると、さっさと、どこかに消えてしまう。その人たちが、いったい、何者なのか、それも、分からないのよ。今日、帝国ホテルで、男の子がSLの模型を持って、喜んで走り廻っているのを見て、イヤなことを思いついたの」

「それはつまり、社長のお供《とも》で、予土線に乗って、四国の宇和島に、あの牛を、買いに行った時のことを思い出していたわけだね？」

「そうなの。あの時、東海社長は、どうしても、予土線に乗りたいといって、時間がかかるのに、予土線に乗った。予讃線と予土線の大きな違いは、鉄道ホビートレインという、子供が喜ぶような〇《ゼロ》系新幹線の車両のそっくりさんが、走っていること。社長は、その鉄道ホビートレインに、どうしても、乗りたいといっていたけど、それだけじゃないんじゃないかと、思うようになってきた。だから、気になることを一つ一つ挙《あ》げてみたの。一つは鉄道ホビートレインに、乗りたがったこと。二つ目は、その鉄道ホビートレインの模型を、私があげたんだけど、なくしたといったり、出てきたといったりしたこと。三つ目には、予土線に乗ったあとすぐ、私は、急に、眠くなってしまったこと。東海社長がくれた缶コーヒーの中に、睡眠薬が入っていたんじゃやないか？　だから、眠ってしまったんじゃないか？　でも、私は、眠っている間に、いたずらされたわけでもないし、誘拐《ゆうかい》されたわけでもない。だから、今までは、疲れていて、それで、眠ってしまったのだと思うようにしていたんだけど、途中の駅には、見当たらなかった缶コーヒーの柄から考えて、どうしても、社長に睡眠薬入りの缶コーヒーを、飲まされたとしか思えないのよ。東海社長は、何のために、そんなことをしたのか？　いくら考えても、その理由が、分からなかった。そうしたら、今日、帝国ホテルのロビーで、十歳くらいの男の子が、母親から与えられたSLの模型を手にして、喜んで走り廻っていた。それを、見ているうちに、ひょっとしたら、私が眠っている間に、同じようなことが、予土線の車内で、起きていたんじゃないのか？　あるいは、もっと、怖《こわ》いことが起きていたんじゃないかと、そんなふうに思うようになってきたのよ。宇和島の到着も、六分遅れていたわ」

「なるほど。君が考えたことは、つまり、子供の誘拐か？」

と、梶本が、ズバリと、きいた。

「どうしてそう思うの？」

「私も、君に話したように、世界興業《コスモ》という会社に、疑いを、持っていたんだ。毎月一回は、小さな興行をやるが、これは、どうということはない。問題は、毎年一回くらい、大きなイベントを、実施する。これが問題なんだ。確かに大きな興行なんだが、君もいったように、冷静に見れば、ほとんど、儲かっていないんだよ。いや、かなりの赤字だろうと思う。それなのに、毎年大きな興行を打っている。その資金は、どこから出ているのか？　そのことを、前から不思議に、思っていたんだ。表では、世界的な、興行を打っているが、裏では、何か、全く別のことを、やっているのではないか？　その別の仕事のほうが、表の興行のほうより、よっぽど金になっているのではないかと、考えるようになっているんだ。今、裏の世界で、本当に儲かる仕事は、二つしかないといわれている。一つは、武器の売買で、もう一つは誘拐なんだよ」

「それって本当なの？」

驚いたような表情になって、真由美が、きいた。

「本当だよ。そして、もう一つ挙げるとすれば、クスリ、つまり、麻薬や覚醒剤だといわれている。だが、こちらのほうは、ルートがなければ、簡単にはできない。だから、誘拐じゃないかと、思ったんだ。しかし、証拠が、あるわけじゃない。そう、思っていたんだが、今、君の話を、聞いているうちに、予土線の鉄道ホビートレインの中で、本当に、誘拐があったんじゃないのか？　そんなふうに、思えてきたよ」

と、梶本が、いった。

「でも、だとしたら、具体的にどんな誘拐だったのか。私は、子供が誘拐されたんじゃないかと思ったんだけど、違うの？　梶本さんは、具体的に、どんなふうに、考えているの？」

と、真由美が、きいた。

「これは、勝手な想像なんだけど、君と東海社長が、乗った日の鉄道ホビートレインには、資産家の息子が、乗っていた。そんなふうに、まず考えてみたんだ。前々から、その子は、鉄道ホビートレインに、乗りたくて、その日の鉄道ホビートレインの切符を、手に入れていた。もちろん一人で乗ったのではなくて、付き添いの男性がいたか、あるいは、女性が、いたと思う。とにかく、鉄道ホビートレインに乗ることに、なっていた。犯人も、そのことは、前々から、知っていた。君は、そのこととは関係なく鉄道ホビートレインの模型を、手に入れて、東海社長に、渡した。もし、社長がその時、誘拐を計画していたのだとすれば、鉄道ホビートレインの模型も、子供を誘拐するための、大きな武器になったんじゃないのか。だから、なくしたといい、また出てきたといった。君が疑っているんじゃないかと思って、君の疑いを解《と》くために、小細工をしたんだろう。もちろん、実行者は社長ではなく、十人のうちの一人だと思う。その頃の新聞をいくら見ても、誘拐の記事は、載《の》っていない。世界興業《コスモ》は、一年に一回くらい、大きな興行を打っている。その裏で、他にも、誘拐を実行してきたんじゃないのか。実は、前からそう考えていて、ずっと調べてきたんだ。世界興業《コスモ》は、大きな興行を打った時、日本のどこかで、大きな誘拐事件を起こしていると考え、何とか、その証拠を摑みたいと思った。しかし、いくら調べても、分からないんだよ。新聞をいくら読み直してもそんな大きな誘拐事件は、起きていないんだ」

「梶本さんが調べたのは、どのくらいの、期間なの？」

と、真由美が、きいた。

「一応、三年間にわたって、調べてみたんだ。世界興業《コスモ》は、この三年間に、三回、大きな興行を打っている。今年は闘牛。去年は、伝説のボクサーをアメリカから呼んできて、日本のボクサーと、戦わせている。二年前は、日本の造船所で、一〇万トンの客船が完成寸前に火災を起こし、船内がすべて、焼けてしまった。その一〇万トンの船体を、買い取って東京湾に持ってきて、船首、中央、船尾の三つに分けて、解体の競技をやらせた。いちばん早く解体した会社には、十億円の賞金を与えた。私は、この三つの興行の最中に、どこかで誘拐が起きていたのではないかと思っている」

「梶本さんは、世界興業《コスモ》が、絶対に誘拐事件を起こしていると、思っているの？」

「もちろんだ。そうじゃなければ、君が働いている、世界興業《コスモ》は、資金的に、三年間もやっていけるはずは、ないんだよ。今年の闘牛、去年のボクシング、二年前の船の解体にしても、世界興業《コスモ》は、ほとんど、儲かっていないはずだからね」

「でも、誘拐事件が起きた証拠は見つからない？」

「そうなんだ」

「でも、梶本さんは、誘拐事件があったと思っている？」

「そうだよ。絶対に、毎年誘拐のような事件が起きてなければおかしいんだ。繰り返すが、この三年間にわたって、世界興業《コスモ》は毎年一回、大きな興行を、打っているんだが、どう調べても、会社が、儲かっている形跡がないんだ。ほとんどが、マイナスに、なっている。経理上のマイナスは、東海が自分の資産で、穴を埋めている。だから、別の、儲かることをやっていなくちゃおかしいんだよ。いちばん、金になるのが、誘拐なんだ」

「でも、警察は、認めていないわけでしょう？」

「警察は、ここ三年間に大きな誘拐事件は起きていないといっている。また、著名な資産家の中に、子供か孫を、誘拐されて、身代金を払ったという人間もいない」

「でも、誘拐事件はあったと考えているのね？」

「そうなんだ」

「それならどうして、被害者が黙っているのかしら？　今年は、分からないけど、昨年と一昨年の誘拐事件は、もう、解決しているわけでしょう？　それなら被害者が、警察に、知らせていなければおかしいわ」

「たしかに、君のいう通りなんだ。それで考えたんだが、被害者のほうに何か後ろめたいところが、あるんじゃないのかな？　だから、誘拐事件が起きて、多額の身代金を払っていても、それを、公《おおやけ》にはできない。警察に助けを、求めることができなかった。そんな資産家とか、会社とかが、あるんじゃないか？」

梶本は続けて、

「証拠はないが、三年の間に、世界興業《コスモ》が、関係した誘拐事件が、絶対に起きていると、私は思っている。今年について、どんな誘拐事件だったのか、三つのポイントを考えた。第一は、四国の予土線の中で、鉄道ホビートレインを使った誘拐。二番目は、その誘拐事件は、牛を買いに行った、四月に起きた。三番目は、五月十五日に、男の死体が発見された。その男は、世界興業《コスモ》が毎年やっている興行と、関係している十人の中の一人に違いないと考えている。これが、今年起きたに違いない誘拐事件の三つのポイントだよ。だから、前に君にきいたんだ。五月十五日に、殺された男は、世界興業《コスモ》が、興行の時に使っている十人のうちの一人ではないかってね。君は分からないといったが、本当は、分かっているんじゃないのか？」

真由美は、バッグから、いつも使っている、小さな携帯を、黙って取り出した。そこに保存してある写真を、一枚取り出して、梶本に見せた。

「私が、問題の十人の人たちを偶然写していた写真があったの。三人しか写ってないけど、その三人の真ん中の顔をよく見て。五月十五日に殺された男の人とどこか、似ていないかしら？」

と、真由美が、いった。

「あまりはっきりと、写っていないね。これだけでは、判断できないな」

「だから、先日、梶本さんにきかれた時も、はっきりした返事ができなかったのよ。問題の十人だけど、カメラを向けると、サッと引いてしまって、人の陰に、隠れてしまうから、なかなか写せないのよ。これだって、苦労して撮ったのよ」

梶本は、その写真を、自分の携帯に送ってもらってから、

「この三人の男、特に、真ん中の男について、しっかり、調べてみるよ」

と、いった。

「今年の四月に起きたと思われる誘拐事件について確認したいんだけど、梶本さん

は、起きたと、思っているんでしょう？」

「もちろん思っている。ただ、今までは証拠がなかった。今回、君がいろいろと教えてくれたおかげで、その誘拐事件の実態が、分かるのではないかと期待してるんだ」

「私の話が、役に立っているのね？」

「ああ、そうだ。今回の、誘拐事件には、鉄道ホビートレインと、鉄道ホビートレインの模型が絡《から》んでいる。それから、予土線で、起きていて、四月中に、莫大《ばくだい》な身代金が払われた。もう一つ、誘拐されたのは、たぶん男の子で、十歳前後。これから被害者を探すのに、今までのような、苦労はいらないだろうと思っている。事件の存在が分かったら、真っ先に君に知らせるよ」

と、梶本が、嬉しそうに、いった。

3

三日後、梶本と橋口《はしぐち》という若いカメラマンの二人は、四国の窪川駅にいた。

ここから二人は、一三時二四分発の鉄道ホビートレインに、乗り込んだ。トロッコ列車が、連結されている。

「とにかく写真を撮りまくってくれ」

梶本が、若い橋口に、いった。

「分かりました。でも、何を、撮ればいいんですか？」

橋口が、きく。

「それが分からないんだよ。だから、何でも構わないから、撮れるものを、全部撮っておいてくれればいい」

と、梶本が、いった。

二人は、鉄道ホビートレインに、乗り込んだ。漫画チックなニセ新幹線だが、元々は、ディーゼルカーである。車内は、昔のままのところもあって、細長いベンチも、吊革《つりかわ》も当時のままである。

〇系新幹線の椅子《いす》が四つ、うしろ向きに、置かれていて、乗客の中の子供たちが、その席を、奪い合って騒いでいる。

「隣のトロッコ列車の写真も忘れずに撮っておいてくれよ。どっちで事件が起きたのか、分かっていないからな」

梶本は、張り切っていた。三日前に、山田真由美と話をして、梶本は、世界興業《コスモ》が、四月十一日にこの列車で、誘拐事件を起こしたという確信を持ったのである。

しかし、どんな形の誘拐が行なわれたのかということまでは、分からなかった。だから、何とかして、その正体を見つけたい。

鉄道ホビートレイン車内の写真を撮り終わった橋口が、梶本に向かって、

「梶本さんは、どこで、誘拐が行なわれたと思っているんですか？」

と、きいた。

梶本は、予土線沿線の地図を見ながら、

「おそらく、江川崎《えかわさき》の辺《あた》りではないかと思っている」

「どうして、そう、思うんですか？」

「四月十一日には、世界興業《コスモ》社長の東海と、秘書の山田真由美が、乗っていた。その山田真由美が、睡眠薬入りの缶コーヒーを飲まされて眠ってしまい、起きた時には、高知県と愛媛県の県境のところを走っていたというんだよ。厳密《げんみつ》にいえば、県境の駅は、西《にし》ヶ方《ほう》だが、その前に気がついたとすると、江川崎駅あたりまでだと考えられるんだ。だから、窪川と江川崎までの間で、この鉄道ホビートレインの中で誘拐が行なわれたと、にらんでいるんだ。それでまず、江川崎で降りて、周辺を調べたい」

と、梶本が、いった。

二人は、江川崎で降りた。

小さな駅の多い予土線の中では、大きいほうだろう。駅の表示板には、高知県四万十市と書いてある。予土線は、四万十川に沿《そ》って走っている。

この駅舎は二階建てのプレハブのような造りである。降りたのは、梶本と橋口の二人だけだった。

今日は六月三日、陽光がまぶしかった。それに、駅舎の壁には「ようこそ日本一暑い駅へ。四一度」と、書いてあった。夏場になれば、そのくらいの気温になるのだろうか？

駅前の広場には、四万十バスと名付けられたクラシックな観光バスが、停《と》まっていた。他にもバスが何台も、停まっているのだが、それに乗ろうとする人の姿はない。

梶本は、乗客がいなくて退屈そうにしている観光バスの運転手に、話を聞くことにした。まず、運転手に、N新聞記者の名刺を渡してから、

「このバスは、毎日ここで、お客さんを、待っているんですか？」

と、きいた。

「そうですよ。列車自体が四万十川と並行して通っていますから、その四万十川を案内するんです」

と、運転手が、いった。

「あなたは、四月十一日も、乗務していましたか？」

「ええ、勤務していましたよ」

「鉄道ホビートレインが停まって、その日、この駅で降りた人が、何人かいましたか？」

と、梶本が、きいた。

「ええと。もちろん、バスのお客さんの数は、運行の記録にありますが、私は、この駅で降りた人の、数もメモしているんです」

と、運転手は、手帳を出して、記憶を、たしかめた。

「三人降りたのを見ましたよ。一人は子供で、他の二人は、大人の男でしたね。このバスに乗るのかと思ったら、駅前に停まっていた乗用車に乗り込んで、どこかに行ってしまいましたよ」

と、運転手が、いう。

「どんな車が停まっていたんですか？」

「色は白で、たしか車種は、ベンツだったんじゃなかったですかね」

「駅舎の前に、そんな車が、停まっていることは、よくあることなんですか？」

「いや、そんなことは、めったに、ありませんよ。たいてい、ここで、降りたお客さんは、バスに、乗りますからね。乗用車が待っているなんてことは、考えられません。だって、そうでしょう？　これだけ、列車の本数が少ないのですから、ここで降りて乗用車に乗るつもりなら、もっと前から、乗用車に乗ってくればいいんですから」

「そのベンツのナンバーは、覚えていますか？」

梶本が、きくと、観光バスの運転手は、首を横に振って、

「東京のナンバーだったことは覚えていますけど、その後、バスを、出さなきゃいけなかったので、詳《くわ》しいナンバーは、覚えていないんですよ」

「鉄道ホビートレインから、降りてきた男の子ですが、一緒にいた二人の男とケンカを、していませんでしたか？」

「いや、そんな様子はなかったですね。とにかく嬉しそうに、はしゃいでいましたよ。何かを手に持っていました。小さな長細い、箱のようなものでしたよ」

「もしかすると、これじゃあ、ありませんか？」

と、いって、梶本は、東京から持ってきていた鉄道模型の箱をバスの運転手に見せた。

「ええ、たしかに、こんな感じのものでしたね。それを持って、男の子は、やたらに

はしゃいでいましたよ」

「その子供と一緒にいた二人の男ですが、何か特徴のようなものは、ありませんでしたか？　例《たと》えば、着ている洋服のデザインが、少しおかしかったとか、変な帽子を、かぶっていたとかですが」

「そうですね、子供は、学校の制服らしいものを着ていましたよ。二人の男のほうは、ごく普通の普段着で、これといった特徴はありませんでしたね。誰もが着ているような普段着でしたよ。ただ、一人は長身で、もう一人は、普通の背の高さでした」

「男の子の着ていた制服ですが、どんなデザインだったか、覚えていますか？　もし覚えていたら、これに、描《か》いてみたいのですが」

と、梶本は、いい、用意してきたスケッチブックを取り出して、運転手が教えてくれる制服の特徴を、描き、それを運転手に直させた。

ちょっとクラシックな感じの制服だった。胸のところに、小さな赤いマークが付いていたというので、それについて、運転手にきくと、

「これはたぶん、サクラだったと思いますよ。サクラの花のマークが、制服の胸のところに付いていたんです」

と、いう。

その後、梶本と橋口の二人は、宇和島に向かって、列車に乗った。

終点・宇和島駅の駅員は、前にも話を聞いたことがあって、梶本のことを覚えてくれていた。

駅員は、笑いながら、

「今度は、どんなことを、おききになりたいんですか？」

「四月十一日の宇和島着一五時三四分の鉄道ホビートレインですが、六分遅れて到着してますよね？　どうして、あの日の鉄道ホビートレインは、六分も、遅れたのですか？」

と、梶本が、きいた。

「私も、それを運転士にきいてみました。そうしたら、江川崎の駅で、乗客の中にいた小学五年生の男の子が、急にこの駅で降りるといって騒いだらしいのですよ。一緒にいた大人が、終点まで行こう、ここで降りるようにはいわれていないし、家に帰るのが遅くなると、いって、それで、もめていたそうです」

「それで、そのもめごとは、どうなったのですか？」

「同じ列車に乗っていた乗客が、この駅に車を停めてあるから、それで送りましょうといって、三人が降りて行ったそうです」

「しかし、子供が、ごねたくらいで、どうして、六分も、停まっていたんですか？　さっさと出発してしまえば、よかったんじゃないですか？」

「いや、それがですね、車内で騒いでいた十歳の男の子というのが、ちょっと、特別な子供でして」

と、駅員が、いう。

「特別って、どんなふうに、特別なんですか？」

「私も詳しくは知らないんですが、その男の子の父親というのは、宇和島の生まれで、とにかく、資産家なんだそうですよ。私が聞いたところでは、個人資産が二千億円もあるということで、何代か前には、この予土線が、創業当初、経営的に困っていた時に、大変な金額を、ポーンと寄付してくださったそうなんです。そのお子さんですから、六分も列車を停めて、わがままを聞いていたらしいのですが、詳しいことは分かりません」

と、駅員が、いった。

「助け船を出した男の乗客が、いたわけですね？」

と、梶本が、きいた。

「そうらしいです。三人で、江川崎駅で、おとなしく降りていますから」

「その男性のことは、詳しくは、分からないんですか？　できれば、名前が分かれば、一番いいんですが」

「いや、そこまでは。ただ、背の高い、中年の男性としか、分かっていません。それに、江川崎駅では、この日、他に、何も起きていません。男の子は、この男性客のおかげで、おとなしく、目的地に行ったんだと思います」

と、駅員は、笑顔でいった。


二人は、翌日、東京に戻った。

さっそく、四月十一日の鉄道ホビートレインに乗っていて、江川崎の駅で、降りた少年を、彼が着ていた制服から調べていった。どこの学校かすぐに分かった。

それは、桜花《おうか》小学校という私立の学校の制服だった。

小学校から大学まである一貫校で、小学校から高等学校までは、セレブの家の子供たちが集まる学校として、よく知られていた。

そして、宇和島駅の駅員の証言から、少年の名前は岡本大輔《おかもとだいすけ》、十歳と、分かった。

宇和島で創業し、今は東京に本社がある岡本工業株式会社の、社長の息子である。

しかし、岡本大輔、十歳が、誘拐され、莫大な身代金を要求されたという話は、新聞には、一行も載っていなかったし、警察の反応も同じだった。

警察庁に電話しても、四月に、誘拐事件などは一件も、起きていないと、あっさり否定されてしまった。

四月十一日に、予土線の江川崎の駅で、誘拐事件は、発生したのだと梶本は、確信した。しかし証拠はまったくない。

そこで、梶本は、岡本大輔の父親がやっている、岡本工業株式会社という、会社について、調べることにした。

岡本工業も、ソニーやホンダのように、戦後の会社である。

梶本は、同じN新聞で、経済を担当している友人に、岡本工業について、その成長過程を教えてくれと、頼んだ。

「誰でも知っているのは、岡本工業は、ソニーやホンダと同じような、戦後生まれの会社だということだ。ただ、なぜか、岡本工業の社史を見ると、平成元年から二年までの二年間が、社史の中から、きれいに抜けているんだ。平成元年から岡本工業は、成長期に入り、平成十年には、ソニーやパナソニックと、肩を並べるような企業になった。そう書いてあるんだが、平成元年から、二年の間については、岡本工業の社史には、何も記《しる》されていない。一応、平成元年から平成十年までの間に、大きく成長してきたとだけ書いていて、疑問の平成元年から二年の間のことは、完全に抜けているんだ」

と、経済部の友人は、いった。

どうやら、その二年間が、問題だと思った。

そこで、梶本は、岡本工業を退社した人間で、平成元年から二年の間のことを知っている人を見つけることにした。特に役付きの社員で、この間に辞《や》めた人間を、捜《さが》し歩いた。

しかし、何とか見つけても、なかなか、梶本の質問に答えては、くれなかった。

そうなると、なおさら、この二年間に何があったのか、それが、知りたくなって、梶本は、断片的な手がかりを、集めていった。

そうするうちに、岡本工業の広報部長が、連休が終わった日に、辞めていることを知った。ただ、この森田正文《もりたまさふみ》という五十五歳の元広報部長は、岡本工業を辞めると同時に、東京の青梅《おうめ》にある病院に、入院してしまっていた。

梶本は、カメラマンの橋口を連れて、すぐ青梅にある病院を、訪ねていった。

しかし、病院に着いてから、初めて、そこは心が病気の人のための病院であることを知った。

梶本は、がっかりしながらも、担当の医者に会った。

「どんな具合なんですか？　もとに戻る可能性はあるんですか？」

と、梶本が、きくと、医者は、

「今の様子では、もとに戻ることは、まずないでしょうね。何かよほど衝撃的なことがあったのではないかと思いますね。それを、絶対に思い出したくないという、強い意志が働いている限り、あの患者さんの心は、もとに戻ることはありませんよ」

と、いう。

「それで、今、どんな治療を、やっているのですか？」

と、梶本が、きいた。

「さまざまな治療を施《ほどこ》しているのですが、最近は、筆と紙を与えて、患者さんがどんな文字を書くのかを、見ています。あの患者さんは若い時、書道を勉強したことがあり、自分の気持ちや考えをそのまま紙に書くのではないかと、医者として、期待をしているのです。錯乱した心が、文字を書くことによって、少しずつ解放されていくのではないか、そう考えているのです」

と、医者が、いう。

その医者の言葉を聞き、梶本は、最近、患者が、筆で紙に書いたものを、見せてもらうことにした。

患者の書いた百枚近い紙の中から、やっと一枚、意味のある文章を見つけ出した。

そこには、次の文章が、強い筆跡で、書かれていた。

「いまだ、われ、それを知らず」

意味は、分からない。

そこで、この文字を、大きく書き直し、それを、森田正文の病室の壁に貼ってもらうことにした。

「ひょっとすると、治療の足しになるかもしれませんよ」

と、梶本がいい、医者が、同意してくれたのである。

それを、患者に見せて、その反応を見るのである。

森田を、食堂に行かせ、その隙《すき》に、この文章を書いたものを、病室の壁に貼りつけておいて、食堂から戻った森田の反応を見るのである。

それを病室に置いた監視カメラで、撮る。

四〇分ほどして、森田が、食堂から戻ってきた。

病室に入ったとたんに、森田は、立ちすくみ、壁に貼られた文字を見つめている。

「死んだ！」

と、突然、森田が、叫んだ。

「死んだ！」

と、もう一度、叫ぶと、森田は、壁に貼られた紙をはがして、引き裂いた。

引き裂きながら、泣き出したのである。

子供のように、泣き続けていた。

医者が、病室に入って、患者の体を、抱きしめた。

「何か思い出したんだね。怖いことみたいだね」

と、子供でも、あやすように、話しかける。

患者は、泣き続けていたが、そのうちに、疲れたのか、眠ってしまった。

ベッドに、寝かせて、医者が、梶本のところに、戻ってきた。

「あんなに泣いたのは、初めてですよ」

と、医者が、いった。

「壁に貼った文章を見て、大声で叫んでから、泣き出しましたね」

「そうかもしれません」

「壁の文字は、患者が、書いた文章ですよ。自分で書いた文章を見て、どうして、叫んだり、泣いたりしたんですかね？」

「しかし、文字は、あなたが、書き直したものですよ」

「たしかに、そうですが、どう違うんですか？」

「彼は、心を病んでいますが、記憶力も、まだらになってしまっているんです。覚えていることと、忘れてしまっていることが、まだらになっているんです。だから、自分が書いたことも忘れているかもしれません。だとすると、大声を出したのは、彼が記憶していることに、あの文章が、触《ふ》れたのかもしれません」

「患者は、『死んだ！』と、二度、叫んでいましたね？」

「そうです」

「それを、どう解釈したら、いいんですか？」

「正確なことは、分かりません。が、文字通りに解釈すれば、彼の過去に、人が死んだ。それは、彼にとって、大きな記憶になっている。そんなことですね。しかし、細かいことは、分かりません」

と、医者は、いった。

「患者は、会社を辞める前に、心を病んだわけですよね？」

「そうです」

「その時、患者の周囲で、誰かが、死んだんでしょうか？」

「いや、それはありません。ここに入院する時、彼の周囲の人たちに、いろいろ、きいていますが、親しい人が、死んだということはありません」

「しかし、間違いなく、患者は、二度も、大声で、『死んだ！』と、叫んでいますよ」

と、梶本は、食いさがった。

「そうですね」

と、医者が、肯《うなず》く。

「なぜ、死んだと叫んだんでしょう？」

「分かりません」

「しかし、先生は、何とか、考えられるんでしょう？」

「一応、考えられることは、あります。しかし、自信はありません」

「それでもいいから、いってください」

「そうですね。彼が、会社にいた頃、やはり、どこかで、親しいか、大切な人が、死んだんだと思います」

「どうして、会社にいた頃なんですか？」

「彼が、会社を辞めてから、そういう人が死んだことは、私たちからは知らせてないからです」

「そんな以前に、親しい人の死を迎えているのに、今日、なぜ、突然、患者は、『死んだ！』と叫んだんですか？」

　なおも、梶本が、食いさがる。

「分かりません」

「何とかいってください」

「間違っているかもしれませんよ」

「構わないから、いってください」

「あの紙には、『いまだ、われ、それを知らず』と書いてあったでしょう？　こじつければ、彼は、会社にいた頃、誰かが死んだ。そのことについて、何も知らなかった。最近になって、突然、分かったので、書いた。これは、私の勝手なこじつけですよ」

と、医者は、いった。

第五章　愛と危険と

1

　梶本は、医者の言葉を信じた。確かに、心を侵《おか》された森田の記憶は、まだらになってしまった。たぶん、その中のマイナスの部分が、突然、よみがえって彼を怯《おび》えさせ、「死んだ！」という言葉になったに違いないと、梶本は、解釈した。

　その解釈を押し進めれば、岡本工業で、誰かが死んだのだ。その事件を知った元広報部長の森田は、彼自身の心の繊細《せんさい》さのため、神経が耐えられずに切れてしまったのではないかと、梶本は思った。そこでカメラマンの橋口に、

「確か、墨田《すみだ》区のマンションに、森田の奥さんが住んでいるはずだ。名前は森田文《あや》子《こ》。すぐマンションに行って、奥さんにこちらに来てもらってくれ。奥さんに会え

ば、森田はさらに何かを、思い出してくれるかもしれない」

と、指示した。橋口はすぐ、都心に向かった。

青梅から東京までは青梅線と中央線で一時間半ほどしかかからない。東京駅から墨田区に行くにも、そう時間はかからないはずである。それなのに、なかなか橋口からマンションに着いたという連絡は来なかった。梶本としては、きちんと墨田区内のどこに森田の妻、森田文子のマンションがあるかも教えたはずである。

（遅いな）

次第《しだい》に、梶本は苛立《いらだ》ってきた。それでも、連絡が来ない。そのうちに、夜になってしまった。

（何をしてるんだ）

と思っていると、病院の外にパトカーが停《と》まった。東京警視庁のパトカーである。

そのパトカーから降りて来たのは、橋口と、刑事が二人だった。

刑事たちは、捜査一課の十津川という警部と、亀井という刑事だった。どうやら橋口は、この二人にパトカーで送られて戻って来たらしい。

「森田の奥さんは、どうしたんだ。いなかったのか？」

と梶本がきいた。

「それについては、こちらの刑事さんにきいてください」

と橋口がいい、それに合わせるように十津川警部が、

「実は森田文子さんは現在、墨田区内の総合病院に入院しています」

といった。

「病気ですか?」

「いや、何者かに鈍器《どんき》で、殴《なぐ》られて、救急車で運ばれたんですよ。命に別状はないようですが、退院するまでには一週間くらいはかかりそうです」

「どうしてそんなことに? 空巣《あきす》とか何かですか?」

「いや、空巣とは、考えられませんね。われわれが、森田文子さんの傷害事件について、捜査をしているのですが、そこへ、こちらの橋口さんがやって来たわけです。そこでわれわれは、橋口さんをよこしたあなたに会って話を聞く必要が出来た。そこでこうしてパトカーで橋口さんを送って来たわけですよ」

と、十津川が説明した。

（警察が介入《かいにゅう》してくると面倒なことになるな）

梶本は内心で舌打ちしたが、かといって、刑事を追い返すわけにも、いかなかった。

「それで、警察は何を調べたいんですか？」

「一人でマンションで暮らしていた、六十歳の女性をいったい誰が、何のために、殺そうとしたのか、それを知りたいだけですよ。何しろあの傷では、傷害というよりも殺人未遂《みすい》ですからね。よほど、彼女を殺したかったに違いないんです。そのくせ、何も盗まれていませんから、動機は、他にあるはずです。そうしたら、こちらに、被害者のご主人が入院している。それを聞いたものですから、ご主人に会えば、何か分かるかもしれない。そう、思ったんです」

「確かに、森田さんは入院していますが、心を病んでいて、質問には、答えられないと思いますよ」

梶本は機先を制するようにいった。

「しかし、それならどうして、新聞記者のあなたがここに張り付いているんですか？森田さんが心を病んでいて、何も答えられないのならば、記者のあなたがここにいる必要はないでしょう」

十津川は皮肉をいった。

「それでは一緒に帰りましょうか」

梶本も負けずに、いい返した。十津川が笑って、

「これでも私は、警視庁捜査一課の刑事ですよ。ただ単に、被害者のご主人が、こちらの病院に入院しているからといって、話を聞きに来たわけじゃありません。森田さんが広報部長だった岡本工業で、平成元年の三月に、ひとつの事件が起きたことは分かっているんです。そのことが尾を引いて、ご主人が入院し、今になって、奥さんが殺されそうになった。そういうことだと私は思っているんですよ。違いますか？」

　と十津川がきいた。

「まいったな」

　梶本は、自分が知りたいと思っていたことを、十津川から教えられて、苦笑せざるをえなかった。

「それなら、私たちも警察に協力しますから、警察のほうも何か分かったら教えるということで、情報を交換しようじゃありませんか」

　と、梶本のほうから、提案した。

「いいですね。私のほうは、殺人未遂事件が解決すればいいので、新聞に何を書こうと私たちには関係ない。そこで私が今いったこと、平成元年三月に岡本工業で事件がありました。確か優秀なＡＩ、人工知能を載せたロボットの試作機が完成し、資金提供者のＫ銀行の頭取も招待され、社長、幹部社員などが見守る中で、そのロボットの試運転が行なわれました。ところが、その試運転の時に、K銀行の頭取が死んでしまった。岡本工業の社長にきくと、試運転は成功し、皆で祝杯を上げたが、そのあとで、K銀行の頭取が自動車事故で亡くなってしまったと、通報していますがね。私は、これは、嘘《うそ》だと思ってます」

「どうしてそう思うんですか？」

「この試運転で起きたことについての何かを、最近になって知った、元広報部長の森田さんが、直後から、心がおかしくなって、病院に入院しているからです。実際には、何か公表されてない事態が起きたに違いないんです。そのことはおそらく、今回の殺人未遂事件につながっている。われわれは、そう思っています。梶本さんだって、そう思っているんじゃありませんか」

と、十津川が梶本を見た。

梶本は、冷静に計算して、ここは警察に譲《ゆず》っても損はないと思った。なぜなら、梶本の真の狙《ねら》いは岡本工業ではなくて世界興業《コスモ》であり、世界興業《コスモ》の社長、東海元である。見たところ、警察は、そこまでは、気づいていないらしい。そこで梶本がいった。

「私も、今、十津川さんがいったことが正しいと思いますよ。集めた手がかりから、想像していたことが、正しかったと分かりました。平成元年、岡本工業では確かに新しい、優《すぐ》れたAIを搭載したロボットの試験をやっています。そして、そこで事件が起きたんです。資金提供者のK銀行の頭取が死んでいます。しかし今までは、試運転は成功したのだが、その祝賀会のあとで頭取が交通事故で亡くなったことになっていました。しかしここへきて、その発表は、嘘であり、ニセの説明をしていたと考えるようになりました。岡本工業といえば、AI研究では日本で一、二を争う会社です。なぜ、虚偽の発表をしてきたのか。そのことさえ分かれば、新聞記者としてはそれで充分なんです。ですから、このあとは、警察にお任《まか》せしますよ。証拠が摑めたら、われわれに教えてください。捜査の邪魔はしません。そろそろわれわれは、引き揚《あ》げようじゃないか」

梶本は、橋口に向かっていった。ところが十津川は急に、眼を光らせて、

「何かおかしいですね」

といった。

「何がおかしいんですか？」

「何か隠している。あなたが大事なことを隠しているのは間違いないと、私は、思いますね」

「どうしてそう思うんですか？」

「一刻も早くわれわれと別れようとしているからですよ。何か、もっと大きな事件、マスコミ向きの事件を隠しているんじゃありませんか。岡本工業の事件はあなたにとって、最重要な事件じゃないんだ。新聞に載せるニュースのほうは違うことなんだ。本命をわれわれに悟られまいとして、あわてて、引き揚げようとしている。私には、そうとしか思えませんね」

「そんなことは、ありませんよ。われわれが何を隠しているというんですか？」

「あなたは、N新聞の記者でしたね」

と十津川が、いう。

「そうですよ。N新聞の記者として、岡本工業のことを、調べているんです。平成元年三月に起きた事件のことを調べていたんですよ。真相が分かったから、それで充分です。われわれは新聞記者で、警察じゃありませんから。事件のことを、新聞に載せれば、それで、満足です」

「どうもおかしいな」

と、また十津川がいった。

「別におかしいことはないでしょう」

「確か、N新聞では今、東京で人気の闘牛と、アルゼンチンのマタドールとの戦いを、新聞に大きく載せていましたよね。違ったかな」

「いや、そのとおりです。間違いなくN新聞が、あの興行を大きく扱っています」

と、傍《そば》から亀井刑事がいい、梶本が、それに合わせて、

「確かに、世界興業《コスモ》がやっている興行は面白いので、記事にしていますよ。担当は、私です。それがどうかしたんですか？」

「その興行を記事にしているあなたが、平成元年三月の、今から二十数年前の岡本工業の事件を、追いかけている。ひょっとすると、世界興業《コスモ》が現在やっている闘牛と、平成元年の、岡本工業の事件とは、何か関係があるんですか？　関係があると睨《にら》んで調べているんですか？」

と、十津川がきいた。

（まずいな）

と思いながら、梶本は、自分が少しずつ追い詰められていく気分になっていた。

「とにかく、私の仕事はもう終わったんで会社に引き揚げます。このあとは警察にお任せしますよ」

梶本は、強引にいって、橋口を促《うなが》して、病院を、出てしまった。

2

東京体育館で開催している、世界の闘牛イベントが、十回連続満員御礼になったので、真由美は、社長の東海から、一緒にお祝いをしたいということで、帝国ホテルに、呼ばれた。

東海が予約しておいてくれたホテルの一室は、少人数のパーティが行なわれる部屋で、帝国ホテルの会員になっている東海は、前々から、その部屋を予約しておいたらしい。せいぜい二十人くらいが集まって、パーティを開くのにふさわしい小さなホールだった。

真由美は、指定された時間より少し遅れて到着した。並んだテーブルの上の片方には、豪華なバラの花が何百本も飾られていて、もう片方には、さまざまな果物やシャンパンが、置かれていた。ただ、待っていたのは社長の東海だけで、他の人間が来そうな様子はなかった。

「私だけが呼ばれたんですか？」

と真由美はきいた。

「そうだよ。君と二人だけで祝杯を上げたかったんだ」

東海が笑顔でいう。一瞬、真由美は帰ろうと思ったが、逆に、「君と二人だけで」という言葉は、真由美には甘美《かんび》でもあった。真由美の心の大きな部分を、社長の東海が、占《し》めるようになっていたが、ここにきて少しばかり、小さくなっていたのに、二人だけのパーティを断わる気になれないのは、やはり、東海という不思議な男に魅《み》せられている部分が、まだ大きかったのだ。

東海は真由美がいかに美しいか、いかに心が優しいか、いかに才能があるか、そして今は真由美を必要としていて、手放すことなど考えられなくなっているということを、喋《しやべ》り始めた。

酔っているせいなのだろうか、それとも東海に今でも好意を持っているせいなのか、彼の褒《ほ》め言葉は、普通ならば逃げ出してしまうだろうに、今夜は、真由美の耳には、甘美に響いてきた。そのうちに少しずつ酔いが廻ってきた。眠くなってくる。頭の隅《すみ》で、

（これは、駄目《だめ》）

と思い、その一方で、このまま、何もかも、任せてしまってもいいと思いながら、真由美は次第に意識が朦朧《もうろう》となっていった。

眼を覚ました時、真由美は自分がベッドに寝かされているのを知った。それだけではない。気がつけば、裸なのだ。そこはこのホテルの特別室で、隣には、応接セットが置かれている。そのソファに、東海は足を投げ出すようにして、英字新聞を読んでいた。その東海が、こちらを見た。一瞬、真由美は眼を閉じてしまったが、東海は構わずに近付いて来て、額《ひたい》に軽くキスをした。それから顔を近付けていった。

「私は、君に謝《あやま》ったりはしないよ。私はずっと君が好きだったし、君が私に好意を持っていることにも気づいていた。だから、私は謝る気はないし、素晴らしい一瞬を持ったと喜んでいる」

確かに真由美は、東海という男を好きになっていた。その大きさを尊敬してもいた。それが、愛情に変わっていた。ここにきて、新聞記者の梶本が、世界興業《コスモ》や社長の東海について、その「真実」を聞かせるので、東海に対する印象が変わってきていたが、それでもどこかこの男には、惹《ひ》かれるものがあった。

ふいに、東海の携帯が鳴った。彼は携帯を取り上げ、小声で二言《ふたこと》、三言《みこと》喋ってから、真由美に、向かって、

「急用が出来たので、これから一時間ほど外出してくる。私は君が好きだ。だから、

君にも私を好きになってほしい。もし、私が好きなら、私が帰ってくるまで、この部屋で、待っていてくれ」

といい、部屋を出て行った。

しばらく間を置いて、ゆっくりと真由美は起き上がり、ガウンを羽織《はお》って、東海が座っていたソファのところまで、歩いて行った。自然に、テーブルの上に置いてあった箱が気になった。真珠《しんじゅ》で飾られた小さな宝石箱だった。そこに入っていたのは、数カラットはあると思われる、ルビーの指輪だった。三千万円という値段が付いたままになっていた。真由美は、突然、汚れたザラザラしたものに、顔をなでられた気がした。

もし、値段が、付いていなかったら、それでもルビーの指輪は、受け取らなかっただろうが、ザラザラしたものは、感じなかったに違いない。「三千万」と書かれた値段は、真由美に何かイヤなもの、愛とは全《まった》く別のものを感じさせたのだ。それは、東海に感じていた、男の傲慢《ごうまん》さかもしれないし、荒っぽい、ザラザラした滑《なめ》らかではない感情だった。

真由美は、ふいに、シャワーを浴び、着替えて、その部屋を立ち去った。

3

真由美は自分のマンションには帰らず、そのまま東京駅に向かった。急に、この巨大な、荒っぽい傲慢な東京という都会から、離れたくなったのである。

東京駅は、朝のラッシュを迎えていた。そのラッシュの波に逆らうように、真由美は新幹線の下りの列車に、乗った。行先は岡山である。今日はウィークデイのせいか、下りの新幹線は空《す》いていた。指定席に腰を下ろし、眼をつぶる。何かを考えなければいけない、と思うのだが、その何かが、分からないのである。

携帯が鳴った。相手が東海だったら出たくはなかった。が、東海の携帯の番号ではなかった。だから、電話に出た。

「朝早くからごめん。どうしても君に電話したくて」

と、梶本の声がいった。東海の声のように、洗練されてもいないし、ガサツな声である。しかし今は、そのガサツな声が真由美をほっとさせた。

「どうしても、君に話したいことがあるんだ。今どこにいる？」

「新幹線の中」

「新幹線？　どこに行くんだ」

「岡山で降りて、四国へ行くつもり」

「なるほどね。四月十一日に、ホビートレインの中で、何があったかを、自分の眼で確認したくなったんだろう。それなら、窪川からホビートレインに乗り、江川崎という駅で降りたらいい。駅前に観光バスが停まっている。その運転手に、四月十一日にこの江川崎という駅で、何があったか、それをきいたらいい。君も納得する答えが見つかるはずだ。もし納得できたら、その足で、東京へ戻って来てくれ。今もいったように、どうしても君に話さなければならないことがあるんだ」

と、梶本はいった。

「江川崎ね」

「そうだよ。江戸の江に三本川《さんぼんがわ》の川、それから川崎《かわさき》の崎。その駅に停まった、ホビートレインの中で、十歳の小学五年生が誘拐されたんだ」

と、梶本がいった。

新幹線を岡山で降りる。岡山から高知行の特急「南風」に乗る。しかし、ちょうど接続するホビートレインはなかった。そこで、宇和島行の普通列車に乗った。二両編成のワンマンカーである。

列車は、山の中に入っていく。江川崎という駅で降りる。小さな無人駅だ。駅舎から出る。駅前の広場、そこに確かに、「しまんと」と書かれた観光バスが停まっていた。が、この駅で降りてくる観光客はいなくて、バスの運転手は退屈そうだ。真由美は、その運転手に声をかけた。

「四月十一日に、この駅で停まったホビートレインのことをおききしたいんですけど」

というと、運転手がにっこり笑った。

「前にも同じことを、きかれましたよ。名前は忘れたけど、東京の新聞社の記者さんだった」

「四月十一日に、ここで、何があったか教えてください」

「あれは、ホビートレインが着いた時だったね。その前から駅舎の前に、珍しく乗用車が停まっていた。真っ白なベンツでしたよ。東京ナンバーなのは覚えていたが、全部のナンバーは分からない。ホビートレインが停まったら、男が二人と子供が一人、降りて来た。三人が、駅前に停まっていたベンツに乗り込んで、どこかに走り去ったんです。あとで、JRの人にきいたら、ホビートレインの中で、その子供が急にこの駅で降りようとして、いうことを聞かない。一緒にいた大人が終点まで行こう、ここで降りるようにはいわれていないといってもめていた。結局、同じ列車に乗っていた男の乗客が助け船を出して、三人でこの駅で降りていったのです。ホビートレインの模型を見せていたから、それで釣《つ》ったんだね。そうしたら、子供は機嫌を直して、それで結局、男と降りることにしたといっていた。私が知っているのはそれだけでね。ただ、先日ここへ来て、同じようなことをきいた、東京の新聞社の記者は、十歳くらいの男の子、その子の着ていた制服について、詳しくきいていった。ちょっと珍しい制服でね。その制服から、どこの学校の生徒か、分かるらしい。お礼をいわれたけど、そのあと、その新聞記者には会っていない。私が知っているのは、それだけだよ」

運転手が、いった。

これで、ここが、誘拐の現場だと分かってきた。

今度は、こちらから梶本に電話をかけた。今、江川崎の駅にいて、観光バスの運転手に話を聞いたことを、話した。

「ホビートレインから男二人と子供一人が降りた。そのあと、駅前に停めてあったベンツに乗って、どこかへ、消えた。東京ナンバーのベンツ。これで大体のことは分かりました。やはり私が、東海社長にあげた、ホビートレインの模型が、誘拐の小道具として使われたことが分かりました。今、責任を感じてます」

真由美がいうと、梶本は、

「それで誘拐の大体のことが分かれば、充分ですよ。東京に帰って来たら、もっと詳しいことを教えます」

と、梶本が、いった。

「私も、少しはほっとしましたけど、それでもまだすっきりしないんです」

「でも、東京には帰っていらっしゃい」

「これからすぐには、東京には帰りたくないんです」

「どうしてですか？」

「うまくはいえないんですが、世界興業《コスモ》と、それから世界興業《コスモ》の東海社長と、縁を切りたいんです。このまま東京に帰ったら、またずるずるあの会社や社長と別れられなくなってしまう気がするんです。それに、しばらく東京を離れて、美しい自然を見ていたい。梶本さんならどこか景色のいいところ、眺《なが》めているだけで、晴れ晴れとするところを知ってるでしょう？　そこに行ってみたい」

「私が生まれ育ったところは、今あなたがいる四国なんです。四国の予讃線には、下《しも》灘《なだ》という小さな駅があります。上下《うえした》の下に、伊予灘《いよなだ》の灘です。無人駅で、何もない。家もない。ただ、目の前に、瀬戸内海が広がっていて、日本で有数の、海の近く見える駅として有名なんです。ホームから、駅の前の海を見ていると、気分が、爽快《そうかい》になると誰もがいいますよ」

梶本に、三千万円の指輪のことも、話した。

彼が教えてくれた下灘が、どんな駅か、真由美は知らない。ただ、何もなくて、海しか見えないという言葉に惹かれた。

「行ってみます」

と、真由美が、いった。

4

梶本は、再び、十津川に会った。今回も、十津川のほうから、会いに来たのである。前と同じく、亀井刑事が、一緒だった。

十津川は、いきなり、

「今日こそ、お互いに、考えていることを正直に話すことにしようじゃありませんかか」

と、いった。

会ったのは、梶本の新聞社の応接室である。

「私も賛成ですが、まあ、コーヒーでも、飲みながら、ゆっくりやりましょう」

梶本は、部屋にコーヒーを運ばせた。

十津川は、そのコーヒーに、軽く口をつけただけで、

「岡本工業の事件から、始めましょうか」

と、切り出した。

梶本は、わざとゆっくり、コーヒーを飲んでから、

「岡本工業の件は、平成元年三月に起きてますから、すでに二十年以上も昔の話ですよ」

「確かに、そのとおりだし、どの新聞も、報道を訂正していませんよ。あなたの新聞もです。岡本工業が、新しいＡＩの研究と実験に成功し、新しいロボットに取り付けたと書いている。もう一つ、その試運転の祝賀会に出席した資金提供者のＫ銀行の頭取金田信行《かねだのぶゆき》氏が、終了後、交通事故に巻き込まれて死亡したこともです」

「どの新聞も、同じように書いていますよ」

「しかし、あなたは、この事件の報道に、疑問を持った？」

「警察も同じなんでしょう？　だから、私にくっついてくる？」

「私は、あなたの持っている情報を聞きたいし、あなたも、われわれの捜査についいて、知りたいはずだと思いますがね」

「どうですかね」

と、梶本がいった時、彼の携帯が鳴った。

「失礼」

といって、梶本は、応接室を出て、携帯を耳に当てた。

「今、下灘に来ています」

と、真由美の声が、いった。

「どうですか？　下灘は？」

「海しか見えません」

「寂《さび》しいですか？」

「いいえ。素敵《すてき》です。しばらく、ここにいて、海を見ていたい気持ちです。東京に帰ったら、元に戻ってしまうんじゃないか？　それが、不安なんです」

「どうしたら、いいと思いますか？」

「それが、分からなくて――」

「私は、新聞記者だから、一番いいのは、真実を知ることなんです。あなたは、どうなんです？　真実を知るのは、怖《こわ》いですか？」

「怖いですけど、今は、真実を知りたいと、思っています」

「分かりました。期待していてください」

梶本は、携帯を切って、部屋に戻ると、十津川に向かって、

「まず、岡本工業の事件から、やりましょう」

と、自分のほうから、口にした。

「われわれは、常に歓迎です」

と十津川は、ニッコリして、

「当時の新聞も、警察も、岡本工業の通報をそのまま認めています。平成元年三月に行なわれた新しいＡＩの試運転で、そのＡＩを載せたロボットが、驚くべき活動で見事成功した。その祝賀会に出席したＫ銀行の頭取金田信行氏が、そのあと交通事故で、亡くなったという発表です」

「そうです。試運転の参加者は、岡本工業社長、同研究室の室長、その他、部長クラス八名。それに資金提供者のＫ銀行の頭取です。これは、写真があるので、間違いな

いと、思ったのです。ただ、金田信行氏の死亡だけが、間違っていたんです」

「それは、森田元広報部長の口から、聞けたんですか？」

「警察は、どうやって、ここまで辿《たど》りついたんですか？」

「今は、地道な捜査とだけいっておきましょう。平成元年に、敷地内の交通事故で、金田信行氏をはねて死なせたというトラックの運転手に、その後も、ずっと接触を続けてきたこともあります」

「それで、真相は、どうなったんですか？　警察は、どう見たんですか？」

「今いったように、交通事故はなかったと見ています」

「それは、真相じゃないでしょう。交通事故がないのなら、なんで、K銀行の頭取は、死んだんですか？」

梶本は、何とか、先に、警察の考えを知ろうとした。

だが、十津川も、簡単には、結論を口にせずに、少しずつ、思わせぶりな推理を話していった。

「この日、岡本工業で、新しいAIを搭載したロボットの試運転が行なわれました。それに、K銀行の頭取が参加したことも、事実で、そのあと祝賀会があり、交通事故があったことになっていますが、交通事故がなかったとすると、K銀行の頭取は、いつ死んだのか？　祝賀会で、死んだというのは、まず、考えられませんから、残るのは、ロボットの試運転の時です。と、突きつめていくと、試運転中に、頭取は、亡くなったことに、なるのです。試運転の失敗です」

「具体的に、いってくれませんか？　思わせぶりは止《や》めて」

「今、電話が、ありましたね」

十津川が、突然、話題を変えた。

梶本は、見事に、それに引っかかった。真由美の顔を思い出したのだ。彼女のためには、一刻も早く、真相に辿りつく必要があった。下手《へた》をすると、彼女が危なくなるかもしれない。

「試運転が、失敗したんですよ」

と、梶本は、自分のほうから、いった。

「人型ロボットには、セーフティ機能がついていたのに、なぜか、それが働かず、試運転を見ていたK銀行の頭取の首を、ロボットが絞《し》めてしまったのです。岡本工業の役員たちが、あわてて、ロボットを押さえようとしたが、セーフティ機能が故障したロボットは、ただの凶器となって、頭取の首を絞めて、殺してしまったのです」

「それは、森田元広報部長が、喋ったわけでは、ないですね？」

「そうです。周りの人たちにきいて、私が、考えたのです。森田元広報部長は、岡本工業が、社長の息子の誘拐に、秘密の対応をしているうちに、昔の事件のことを知って、心をこわしてしまったのでしょう」

「ここまでは、同意しますが、あなたの本当の目的は、岡本工業の件がゴールではないんでしょう？」

「どうして、そう思うんですか？」

「世界興業《コスモ》と、東海社長を、追い廻しているからですよ。しかも、世界興業《コスモ》の興行に関心があるわけではなく、何かを調べていた。そこであなたと、世界興業《コスモ》のことを、調べてみたんですよ」

「しかし、警察が、世界興業《コスモ》に関心を持っていたなんて初耳ですがね」

「当然でしょうね。これまでは、警察で、世界興業《コスモ》に関心を持っているのは、私一人でしたからね」

「十津川さんは、なぜ、世界興業《コスモ》に関心を持っているんですか？」

と、梶本が、きいた。

「最初は、すごいことをやったと、感心して見ていたんですがね。そのうちに、どのくらい儲《もう》かるんだろうかと思って、計算してみたんですよ。そうすると、何回計算しても、赤字なんですよ。赤字だとすると、どうやって続けているのかと、ひとりで、調べ始めたんです。社長の東海元は景気のいいことばかりいっている。闘牛用の牛を、五千万円で買ったとか、スペインのマタドールに、何千万も払って、日本に呼んだとかね。それなのに、赤字になっている。じゃあ、大変な資産家の家に生まれたんだろうと思ったが、そんなこともない。日本一、世界一の呼び屋といわれているが、ひょっとすると、呼び屋の裏で、何か犯罪を働いているのではないかと、考えるようになって、あなたのことに眼をやったんです」

「それで、誘拐と考えた？」

「簡単で、しかも、大金が儲かるというと、誘拐しかないと、考えたんですよ。あなたと、同じ結論に達したんです。しかし、誘拐が、あったという話も聞かないし、マスコミでも報じられない。それが、不思議でした。誘拐があっても、身代金が高ければ高いほど、大きなニュースになる。ところが、全く、ニュースにならない。なぜなのかと調べ、考えていくと、ひとりでに、一つの結論に達したんです。あなたと同じ結論ですよ。誘拐された家、あるいは会社に大きな秘密があって、誘拐犯から、誘拐や身代金について、喋ったら、昔の秘密をバラすぞと、脅《おど》かされているに違いないという結論ですよ。その時に起きたのが、岡本工業の、森田元広報部長夫人の、事件だったわけですよ」

「私も、同じ推理であり、同じ結論ですよ」

と、梶本が、肯《うなず》いた。

「嬉《うれ》しい結論です」

と、十津川は、ニッコリしたが、すぐ真面目《まじめ》な表情に戻って、

「あなたは、すぐにも、この結論を、記事にしたいでしょうね？」

と、きく。

「もちろんです」

「しかし、証拠はありませんよ」

「だが、新聞が書き立てれば、岡本工業で、社長の息子が誘拐され、高額な身代金が支払われたことを、明らかにする可能性がありますよ」

「しかしね。証拠はありません。K銀行の頭取の死についても、試運転の参加者全員が、口裏を合わせれば、責任者の逮捕は、難しくなります。そうなると、社長の一人息子の誘拐も、身代金の支払いも、証明が難しくなると思います。少なくとも、われわれ警察は、容疑者の逮捕が難しくなります。われわれは、今の段階での逮捕は、難しいし、自信がありません」

「だから、どうしろというんですか?」

梶本の言葉が、きつくなった。

「われわれの捜査が確実になるまで、新聞の発表は待っていただきたいのです」

「その約束はできませんね」

「約束は、無理ですか」

「いいですか? 今でも、この事件は、新聞に載せることができるのですよ。そうなれば、大変な話題になるでしょうね。それを、ニュースにしないと、少しずつ事件の真相がもれていく。他の新聞が、先に報道してしまうかもしれない。そうなったら、うちの努力は、ゼロになってしまいます」

「そうですか。よく分かりましたが、一つだけ注意しておきましょう」

「どんなことです?」

「あなたは、岡本工業の事件が、本丸じゃない。本当の狙いは、世界興業《コスモ》と東海社長なわけでしょう?」

「そのつもりですが、別に隠したりしてはいませんよ。十津川さんにも、話したはずですが」

「一つ忘れてはいませんか?」

「何のことですか？」

「東海社長が、何か仕事をやる時には、十名の人間が、集まって来て、動く。その十人が興行もやるが、誘拐もやっている。ところが、その中の一人が、死体で発見されていて、われわれは、この殺人事件も、捜査をしています」

「あれは、十中八九《じっちゅうはっく》、仲間割れによる殺人ですよ」

「しかし、別の見方をする人もいるんですよ。刑事でもないのに、やたらに殺人現場で聞き込みをやったり、世界《コスモ》興業の社長東海元が怪しいとして、個人秘書の山田真由美をつけ廻す。われわれ警察から見れば、この人間のほうが、百倍も怪しいのですよ」

「それは、私のことですか？」

「あなたが、今のところ、一番の容疑者です」

「冗談じゃない」

「私も、冗談でいってるわけじゃありませんよ。あなたの逮捕状なら、簡単に、出ると思っていますがね」

　十津川は、ニコリともしないで、いった。

「私を脅すんですか？」

むっとした、梶本が、睨むと、十津川は、初めて、微笑した。

「あなたも、私を脅かしたんですよ。われわれは、証拠がなければ、容疑者を逮捕できない。しかし、マスコミは、途中でも、センセーション目当てに、ニュースに出来ると、いってね」

「マスコミに必要なのは、事実よりも、いかに惹きつけるかですよ。だから、逮捕されたことを報道するより、ほぼ間違いない、という確信さえあれば、その途中を書くほうが、受けるんです。それに、逮捕したあとのニュースは、どのマスコミも、同じですからね」

「もう一つ、あなたに忠告しておきたいことがある」

と、十津川が、いった。

「どんなことです？」

「もう一人、われわれがマークしている人物がいます。それが誰かは、よくお分かりのはずです」

「東海社長の秘書、山田真由美さんでしょう」

「そうです」

「彼女は、東海社長の秘書だが、ある意味、被害者の一人ですよ」

「分かっています。あなたは、彼女のことが、心配で、世界興業《コスモ》を調べているんじゃありませんか？　少なくとも、両方の思いで、あなたは世界興業《コスモ》と、東海社長を調べた」

「いや、仕事です」

「しかし、彼女と一緒に、四国に行き、予土線で、宇和島まで行っていますね？　他にも、同じ予土線を、江川崎駅で降りたりしている。ただの取材とは、思えないんですがね？」

「私を尾行したんですか？」

「いや。山田真由美さんを尾行していたんです。東海社長の個人秘書ですからね。あなたを知ったのは、その時ですよ。あれは、どう考えても取材だけじゃありませんね。個人感情が、入っている」

「個人感情が、多少入っていたって、取材は、取材ですよ」

「危ないな」

と、十津川は、いった。

「何が危ないんですか？」

「いいですか。東海社長から見れば、自分の秘書が、記者と会っていると知って、社長が殺人犯だったら、彼女の身が危なくなるとは思わなかったんですか？」

十津川が、きく。

一瞬、梶本は、言葉を失ったように、黙《だま》ってしまった。それは、十津川の言葉が、正しいと思ったからだった。

「少し、軽率《けいそつ》だったかもしれませんね」

と、梶本がいった。

その時、亀井の携帯が、鳴った。

亀井が、部屋を出て行き、五、六分して、戻って来ると、十津川に、小声で、報告した。

「あまり、いい知らせじゃありません」

と、十津川が、いった。

「山田真由美に、何かあったんですか？」

「東海社長に呼ばれて、昨夜、帝国ホテルの二人きりの部屋に行きましたよ」

「どうして、そんなことを、知ってるんですか？」

「東海社長も、秘書の山田真由美も、同じように、容疑者の一人ですからね。その動きは、きちんと、監視していますよ」

と、十津川は、いう。

「一つ、質問していいですか？」

「構いませんよ」

「いや。やめておきます」

「山田真由美が、その日のうちに、帰宅したかどうかでしょう？」

「そんなことを、きく気はありませんよ」

「いや、それを気にするのは、当然です。山田真由美は、その日のうちに帰宅しています」

と、十津川は、いった。

梶本は、黙って、じっと、十津川の顔を見つめていた。十津川の言葉を、信じていない様子が見え見えの表情だった。

「彼女に好意を持っているようですね？」

と、十津川が、いうと、梶本の顔が、わずかに紅潮《こうちょう》した。

「妙なことはいわないでください。私は、今回の事件のことで、山田真由美さんに会ったり、話をきいていますが、それは、あくまでも、事件の取材です。それ以上でも、以下でも、ありません」

「私には、そうは思えませんがね。それではそう思って、お互いの手の内を、さらけ出そうじゃありませんか？　あなたは、今回の事件について、どこまで取材を進めているんですか？　岡本工業の平成元年三月のロボット試運転の失敗、これはお互いに分かりました。次は世界興業《コスモ》の件ですが、最初、われわれは、世界興業《コスモ》が、事件と無関係だと見ていたのです。しかし、あなたの妙な動きを調べているうちに、あなたが、何を知りたがっているのか分かりました。世界興業《コスモ》は、日本中を喜ばせる興行を打っているが、本業は、それではなく、もっと汚い、金儲けをやっているのではないか。それを疑って、世界興業《コスモ》や、社長の個人秘書の山田真由美に接近していったことが分かりました。そして、岡本工業の社長の息子、十歳小学五年生の誘拐を、それも、予土線のホビートレインの車内で実行したと、あなたが考えていることも、分かってきました。さらに、その誘拐が、今にいたるも、公《おおやけ》にならない理由も調べているらしいこともです。われわれも、同じ事件を捜査していたので、気がついたのですが、あなたは、誘拐事件の決定的な証拠を摑んでいるんですか？」

と、十津川が、きく。

「それは、いいたくありませんね」

「どうしてですか？」

「十津川さんは、警察が、決定的な証拠を摑むまでは、事件について、発表しないでくれといわれました。つまり、こちらに圧力をかけている。その警察には、協力できません」

「それは、あなたの邪魔をしているのではなく、危険だから、注意しているのです。証拠もなしに、事件を取りあげれば、向こうは、あなたを攻撃する。そうなっても、われわれ警察は、証拠もなしに、事件に介入して、あなたを助けるわけにはいきませんからね」

と、十津川が、いった。

「私は、別に、警察に助けてほしいとは、いっていませんよ」

梶本が、いう。その時、彼の頭にあったのは、山田真由美のことだった。十津川は、彼女が、東海社長に呼ばれて、ホテルに行ったという。しかし、泊まらず、帰宅したといったが、あれは、嘘だと、思った。

そのことだけが、梶本の頭を占領していたのである。

第六章　ジ・エンドへの道

1

十津川は急遽《きゅうきょ》、亀井を連れて、高知に飛んだ。高知県警本部に、四月十一日の誘拐事件について、合同捜査を、申し入れるためである。

予想通り、最初、県警本部は、十津川の話す、予土線を使った誘拐事件について、信じようとしなかった。

「四月十一日に、予土線の車内で誘拐事件があったという話は、今初めて聞きました。われわれとしては、信じがたいですが、本当に、誘拐事件があったのですか？

ＪＲ四国のほうからも、誘拐されたという岡本大輔という十歳の少年の件については、何の連絡も、こちらには、来ていませんよ。四月十一日といえば、すでに、身代金も払われてしまっているのではありませんか？　そうならば、どうして、脅迫《きょうはく》されたた岡本工業という会社の社長は、警察に通報してこないのでしょうか？」

と、高知県警本部の本部長がいい、捜査一課長も、小さく頭を、振るばかりだった。

「実は、われわれも、最初は、半信半疑でした。岡本工業という会社が浮かび上がってきたのではなくて、最初に疑問を持ったのは、世界興業《コスモ》という、興行会社の問題でした」

「世界興業《コスモ》という興行会社のことは、知っていますよ」

と、本部長が、いった。

「四国の有名な牛を、五千万円で買って、その牛と世界的な闘牛士とを戦わせた。そのことは話題になりましたから、私も、知っています」

「世界興業《コスモ》というのは、毎年、あるいは一年半に一回、何か大きな興行を打つ、人気のある、興行会社なんです。最初に、この興行会社がおかしいと思ったのは、N新聞の、梶本記者です。彼が世界興業《コスモ》に、疑いの眼を向けたのは、世界興業《コスモ》は、大きな興行を打って人気を、集めていますが、よく調べてみると、ほとんど、儲《もう》かっていない。それどころか、毎度毎度、赤字を出しているということでした。それなのに、どうして、毎年のように、大きな興行を打つのか、それに、世界興業《コスモ》の興行では、いつも十人の人間が働いているのですが、この人間たちの働きも、はっきりしない。興行をしていない時に、どこで何をしているのかも分かりません。そこで、梶本記者は、大きな興行を打って人々の眼をそらしておいて、その間に、何か、大金を儲けるようなことをしているのではないか？　そう考えて調べているうちに、世界興業《コスモ》は、大きな興行をやりながら、その裏で、大きな金になる誘拐事件を起こしていたのではないか？　梶本記者は、調べていって、今年の、四月十一日に予土線の車内で、岡本工業という大きな会社の、社長の一人息子、岡本大輔という名前の十歳の少年ですが、彼が誘拐されたのではないかと考えるようになり、証拠は摑めなかったが、われわれは梶本記者から、知ることになったのです」

「その誘拐事件で、動いた身代金は、いくらなんですか？」

「われわれは、身代金として、少なくとも五億円、いや、それ以上が支払われたと考えています」

五億円というその金額に、県警本部長は、眼をむいた。

「それなのに、どうして、被害者は、警察に被害届を出してこないのでしょうか？」

「その謎についても、ようやく、はっきりしてきました。平成元年に、岡本工業では、優秀な人工知能を搭載したロボットを、作り上げて、試運転しているのですが、その時に、問題のロボットが、暴走して、試運転に出席したK銀行の頭取がロボットに殺されてしまったようなのです。それが公《おおやけ》になれば、岡本工業の株は、大暴落をして、会社の経営は、難しくなります。そこで、K銀行の頭取は、社内の自動車事故で、死んだことにしてしまったのです。世界興業《コスモ》の連中は、そのことを知っていて、誘拐の身代金要求と一緒に岡本工業の社長を、脅迫したんですよ。それで、岡本工業の社長は仕方なく、身代金として五億円以上を支払いながら、そのことを警察に通報することができなかった。われわれが調べた限りでは、まず間違いないと思います」

高知県警本部長は、すぐ、二人の刑事と、それを指揮する戸田《とだ》という若い警部を選んで、十津川に紹介してくれた。

その後、戸田警部と二人の刑事は、十津川と一緒に、東京に行くことになった。

東京の捜査本部には、他にN新聞記者の梶本も呼んで、話してもらうことになった。

十津川は、世界興業《コスモ》社長、東海元の個人秘書をやっている、山田真由美にも声をかけようと思ったのだが、行方が分からず、捜査会議が開かれる時間までには、連絡がとれなかった。

梶本が、彼女について、喋《しゃべ》った。

「今、彼女は、苦しい立場に立たされていると思います。自分でも、どうしたらいいのかが分からない状態なのではないかと思うんですよ。最近まで、彼女は世界興業《コスモ》の東海社長のことを信じていたというか、尊敬していましたからね。その尊敬の念が、崩れてしまったので、自分でもどうしたらいいのか分からないのだと思います」

と、いった。

その後で、捜査会議が始まった。

まず、十津川が喋った。

「現在世界興業《コスモ》は、東京体育館で闘牛をやっていますが、闘牛そのものは、犯罪ではありませんから、この興行を理由に、東海社長を逮捕することはできません。問題は、闘牛を始める前、四月十一日に、社長の東海元が個人秘書の山田真由美を連れて、予土線のホビートレインに乗って、宇和島に、牛を買いに行ったことです。その途中、ホビートレインの中で、岡本工業の社長の一人息子、岡本大輔を、誘拐したことについては、証拠があれば、東海社長を逮捕することは可能です。次は、東海社長が、興行をやる時に現われる十人の人間です。東海社長は、世界興業《コスモ》の正式な社員ではなく、興行のたびに集まってもらうように、契約しているといっていますが、この言葉は信用できません。というのは、毎年大きな興行をやる裏で、犯罪をやっていて、それによって大金を、手に入れていると思われるからです。これには、問題の十人が関係しています。十人のうちの一人が、先日、多摩川の河原で、死体となって、発見されました。たぶん仲間割れでの犯行でしょう。男の名前は、ようやく岸本泰久《きしもとやすひさ》だと分かりました。四十歳ですが、実は、さまざまな名前があり、偽造のパスポートも持っていました。おそらく十人全員が、さまざまな名前を持っていて、偽造のパスポートも所有しているに、違いありません。たぶん年に一回、大きな犯罪をやったあと、彼らは、偽造のパスポートを使って、海外に逃げて翌年になると、また犯罪を実行するために、集まってくるのでしょう。今、そのうちの一人が殺され、残りの九人の所在については、まだ、定かではありませんが、東海社長さえ逮捕できれば、残りの九人も、自然に逮捕できるはずだと考えています」

十津川は一枚の写真を取り出して、その説明を続けた。

「ここには、全部で、十人の男女が写っています。この十人は、世界興業《コスモ》の、例の十人です。ピントは、合っていませんが、この一番左に写っているのが、多摩川の河原で殺されていた男で、残りの九人は、男六人に、女が三人です。彼らの上に立って指揮を執《と》っているのが、世界興業《コスモ》の社長である東海元です。私としては、何とかして東海社長を殺人、誘拐、脅迫などの、容疑によって逮捕し、起訴したいのです。今のところ、はっきりした証拠がないので、逮捕までには至っていませんが、東海社長を逮捕することで、事件が、一挙に解決するものと考えています」

十津川警部が、現在の捜査状況を報告したあと、今後の捜査方針について説明した。

「この十人の人間たちは世界興業《コスモ》の社長、東海元が、興行ごとに契約している人間だといっていますが、彼らは、いつも、東海社長の手足となって、動いている人間です。現在は九人ですが、さまざまな容疑がかけられています。具体的な証拠がないので、現在のところ、彼らを逮捕するのは、難しく、やはり、世界興業《コスモ》の社長、東海元を逮捕したい。ではどうしたらいいか。現在、彼の名前で、闘牛の興行が、打たれていますが、この興行自体は違法ではないので、東海元を逮捕することは、まず無理です。というのは、興行自体に怪しいところはないからです。そこで、さっきもいったように、別の犯罪で、逮捕できたらと考えるのです。必要な牛を購入するため、社長は四月十一日、予土線の列車で、宇和島に向かっていますが、その途中で、誘拐事件が起こっているのです。現在のところ、この誘拐事件は、闇に葬《ほうむ》られていますが、計画し実行したのが東海元社長であることは、まず、間違いありません。これも繰り返しになりますが、誘拐されたのは岡本工業社長の長男である岡本大輔、十歳です。この誘拐が、予土線の江川崎駅で実行されたことは、分かっています。大人二人が、関係していますが、彼らは、例の十人の中の一人と、たぶん岡本大輔の付き添いと考えて、まず間違いないと思います。東海元が計画したものですが、彼自身は、江川崎駅では降りていませんから、東海元を誘拐事件のリーダーとして、逮捕することは、今のところ難しいといわざるを得ません。この時、山田真由美という、東海元の個人秘書が同行しています。彼女は、予土線の中で睡眠薬入りの缶コーヒーを、飲まされて、事件の最中は、眠っていたので、彼女自身は、この誘拐事件を、計画し実行したことには関係ありません。彼女をこちらの側につけられれば東海元の犯罪を、証明する役に立つかもしれませんが、肝心《かんじん》の彼女が目下《もっか》、行方不明に、なっています。が、身近にいた人間の一人は、行先を知っているはずです。この誘拐事件に初めて気がついたのは、同席してもらっている、N新聞の梶本記者です。われわれよりも、この誘拐事件について、詳《くわ》しく知っている梶本記者から、事件について、話していただこうと思います」

2

十津川に促《うなが》されて、梶本は、世界《コスモ》興業の犯罪について、自分の考えを、説明した。

「最初に、世界《コスモ》興業に対して、私が、疑いの念を抱《いだ》いたのは、十津川警部が話した通り、毎年のように大きな興行を打っていながら、ほとんど、儲かっていないはずだということでした。それなのに世界《コスモ》興業は、興行によって、毎年、大きな利益を上げていることになっています。どう考えても、おかしい、そう思って、調べてみたんですが、どうやら世界《コスモ》興業の毎年の興行は、何かの犯罪を隠すためのものではないのか。逆にいえば、世界的な闘牛のような興行を打ちながら、その興行に隠れて何か大金を手にすることができるような、そんな犯罪を、実行しているのではないかと思えてきました。そこで、私は東海社長の行動を徹底的に調査しました。四月十一日に東海社長は、興行に必要な、日本一といわれる、宇和島の巨大な牛を購入するため、香川県から四国に入り、予土線を使って宇和島に、遠廻りしています。後から知ったのですが、この時、東海社長が、乗った鉄道ホビートレイン、これは普通のディーゼル車を、新幹線の初代の〇系《ゼロ》に似せて衣替《ころもが》えして走らせている、いわゆる観光列車ですが、このホビートレインが子供たちには、大変な人気で、四月十一日に岡本工業の社長の十歳の長男、岡本大輔が家庭教師と一緒に、乗ることが決まっていました。それを知っていた東海元が、自分の部下一人を連れて、このホビートレインに乗っているのです。私が、何よりも不審に思ったのは、宇和島に行くのであれば、松山へとび、予讃線を使うのが一番早くて便利なのに、わざわざ高知を通って、一日余計に日にちが必要な予土線に乗っているということです。ホビートレインの切符を、秘書の山田真由美に、わざわざ、買わせているのです。そこで、この四月十一日のホビートレインの中で、何かが、あったのではないか？　そう考えて調べていくと、岡本大輔、十歳が、この日に誘拐されたのではないかと、考えるようになりました。東海元は、大きな金額を、岡本大輔の父親である岡本工業の社長に、要求したらしい。岡本社長の個人口座から、十億円という金額が突然、引き出されているのです。そこまでは分かったのですが、なぜかこの誘拐事件が全く表沙汰《おもてざた》になっていないのです。もちろん、誘拐された時点で、岡本工業がそれを公にしないのは、当然ですが、誘拐事件が起きて身代金が、支払われ、人質だった岡本大輔、十歳が解放されたあとでも岡本工業の社長は、誘拐事件について沈黙を、守り続けているのです。そこに、何かがあると思って、調べていきました。これは、警察も調べて分かっていると、思うんですが、平成元年の三月に岡本工業が、作ったロボット、AIを利用した大変優《すぐ》れたロボットで、この試作機完成を祝って、岡本工業では、祝賀会を開いています。その祝賀会に出席したK銀行の頭取が、同じ日に、自動車事故で死亡したことになっていますが、これがどうも怪しい。そう思って、調べていった時に、ロボットが故障して、K銀行の頭取を、殺してしまったということが分かったのです。この事件を、岡本工業は、ひた隠しに隠してきました。このことがあるため一人息子が誘拐され、その身代金として、十億円という大金を支払ったにもかかわらず、誘拐のことをいっさい公にはしなかったと考えられるのです。これは、世界興業《コスモ》と東海社長にとっても、アキレス腱《けん》だと私は、考えました。もう一つ、十津川警部も口にされた、山田真由美という東海社長の個人秘書がいます。東海社長は、明らかに、彼女に愛情を抱いています。三千万円という高価な、ルビーの指輪を購入していますが、これは明らかに、山田真由美に贈るつもりだったと思われます。山田真由美も初めのうちは、世界興業《コスモ》の東海社長に、男らしいエリートの姿を見て、尊敬していたようですが、ここにきて、私と一緒に、東海社長の行動を、疑うようになってきました。現在、彼女は、四国の予讃線の下灘付近で、消息を絶っています。無人駅で、海しか見えませんが、自分を見つめ直すには、もっともふさわしい場所とも思えるのです。彼女がそこにいることは私しか知りません。ただ、警察に協力するかどうかは私にも分かりません」

そこで梶本の話は終わり、もう一度、十津川が話すことになった。

3

「われわれが今、第一に、やるべきことは、岡本工業の社長に会って、四月十一日の誘拐事件について、その事実を認めさせ、東海社長と世界興業《コスモ》を、この誘拐事件の犯人として、告訴してもらうことです。この捜査会議には、高知県警本部捜査一課の戸田警部が来ておられるので、岡本工業の社長には、戸田警部も、われわれと一緒に、会っていただきたい。まず今日から、われわれは、高知県警と一緒に、四月十一日の誘拐事件を解決することに、力を尽くすべきであると考えます。それは、世界興業《コスモ》と東海社長の犯罪を明らかにすることにもなるからです」

と、十津川は、強い口調でいった。

4

十津川と亀井、そして、高知県警の戸田警部の三人と、あと二人の若い刑事の五人で、岡本工業の、東京本社を訪ねた。

電話でアポを取っておいたので、岡本社長が、十津川たちを、待っていた。そこで、十津川と戸田警部の二人が、岡本社長を、説得することになった。

「四月十一日に、四国の予土線の車内で起きた、大輔君の誘拐事件について、正直に、話していただきたいのですよ。その上で犯人を告発していただきたい。あなたは、平成元年の三月に起きた事件を隠そうとして、今回の誘拐事件のことも公にはされませんでした。それによって、世界《コスモ》興業の東海社長は、罪を犯しながら平然としているのです。このままでは東海社長は次もまた、どこかで、大金を手に入れるために、罪を犯すと思うのです」

十津川は、岡本社長の決断を促した。

最初のうち、岡本社長は、十津川の申し出を拒否した。そこで、この誘拐事件に関係したと、思われる男が、多摩川の河原で殺されていたこと、つまり、誘拐事件に絡《から》んで、新たな殺人事件が、起きていることを、十津川が口にすると、岡本社長も、すでに、無事に帰っている、息子の、大輔本人には、何もきかないという条件で、ようやく警察に協力することを承知した。

翌日には、高知県警本部の戸田警部が、部下の刑事とともに、予土線の江川崎駅に行き、そこで観光客を待っていた観光バスの運転手に、四月十一日に江川崎駅で見たことを、証言させた。

男二人と十歳の子供、それは、岡本工業社長の一人息子、岡本大輔なのだが、この三人がホビートレインから、降りてきて、駅の前に待たせてあった、白塗りのベンツに乗って、どこかに姿を消したという証言である。

そして、次には、この観光バスの運転手の証言にしたがって、男二人の似顔絵を作ってもらった。

似顔絵を警視庁に送って、調べると、その片方は、岡本工業の関係者で、岡本大輔の家庭教師だということが分かった。もう一人の男の似顔絵から、どうやら、こちらが、多摩川の河原で殺されていた岸本泰久、四十歳らしいということも、分かった。

さらに、岡本社長の証言でこの誘拐事件で支払われた身代金が、十億円だったこともはっきりした。

少しずつ、世界興業《コスモ》の東海社長に、捜査の手が、近づいていることを、十津川も戸田警部も、確信した。

一方、梶本は、山田真由美に電話し、事態の変化を話すことにした。同時に、すべてを正直に話せば、警察が、東海社長の共犯者として、真由美を逮捕することもないと話して、安心させようと思ったのである。

しかし、電話が通じなかった。呼び続けているのだが、彼女が出ないのだ。

何回かけても、同じだった。

梶本は、すぐ、四国に行くことにした。何かあったに違いないという不安に襲われたのだ。

新幹線を使っている余裕はなかった。羽田空港から、松山行の航空便を使うことにした。

全日空五八五便である。午前九時三〇分に乗れば、松山には、一一時〇〇分に着く。

羽田空港から、十津川警部に電話した。が、留守だというので、伝言を頼んでから、搭乗した。

松山に着くと、鉄道を使わず、タクシーで下灘に向かった。

下灘の駅は、相変わらず、何もなかった。いや、海だけが、広がっていて、その海を見るために、ホームには、若者が、三人いた。

ぼんやりと、ホームのベンチに腰を下ろして、海を見ている若い男もいれば、夢中になって海をカメラにおさめている若い女もいた。

だが、真由美の姿はない。

その三人に、梶本は、真由美の写真を見せた。が、いずれも、知らない、見覚えがないと、いった。

梶本は、考えてから、松山に戻ることにした。この下灘には、旅館もホテルもない。そこで、下灘で過ごしたい人間は、自家用車かレンタカーでやってきて、その車に泊まることが多いようだった。

松山に着くと、梶本は、市内のレンタカー営業所を廻って、山田真由美が、車を借りていないかをきいてみた。

四店目で、反応があった。

真由美が、運転免許証を見せて、車を借りていたのだ。

「しかし、二日前に、車は、返されています」

と、営業所の所員が、いった。

二日前といえば、警視庁の捜査会議があった日である。

「彼女が、自分で返しに来たんですか？」

「はい。そうです」

「その時、これから、自宅に帰るとか、どこへ行くとか、いっていませんでした
か？」

「いいえ、何も、おっしゃっていません」

と、所員は、いってから、

「実は、この携帯が、見つかったのですが——」

と、携帯を取り出した。

見覚えのある、真由美の携帯だった。

「いつ見つかったんですか？」

「それが、一時間前です。その時間に、同じ車が、次のお客さんから返されてきて、
車体を点検したところ、見つかりました」

「それまで、どうして見つからなかったんですか？　山田真由美が、返却した時だっ
て、一応《いちおう》車内を点検したわけでしょう？」

「そうなんですが、実は、この携帯は車体の底に、テープで、貼りつけてあったの

で、それで、なかなか見つからなかったのです」

「確認しますが、山田真由美が、車を返しに来た時は、すでに、この携帯は、車の底に貼りつけてあったということですね？」

「そのようです」

「おかしいな。山田真由美は、自分の携帯を、レンタカーに貼りつけて、車を返したことになりますね」

「確かに、そうなります」

という。

梶本は、身分証明書を見せ、その携帯を手に取った。

電池は、ほとんどなくなっている。じっと、その携帯を見ているうちに、何となく、真由美の不可解な行動の真意が、分かるような気がしてきた。

携帯には、GPS機能が付いていた。

もし、今、東海が、真由美が消えたことを怪《あや》しんで、どこにいるか知りたければ、そのGPSで、だいたいの位置を知ることができるのではないか。

真由美は、それを恐れて、追われたくなくて、携帯を車の底に貼りつけて、返却したのではないか。

「山田真由美が返してから、同じ車を、貸し出したのは、どんなお客さんですか？」

と、梶本が、きいた。

「若いカップルの方に、四十八時間、お貸ししています」

「そのカップルは、どこを走ったんですか？」

「山田真由美さんも、そのカップルも、四国八十八カ所ですよ。どちらも、車を使って、大急ぎで走ったそうです」

「八十八カ所、順番にですか？」

「いえ、近いところからです。でも、お二組とも、途中で、しんどくなって、車を返されています」

若い所員は、やっと笑顔になった。

5

世界興業《コスモ》が主催している闘牛のほうは、その後も、引退したマタドールたちが次々に日本にやって来たが、牛のほうが強力で、有名なマタドールのほうが、ずっと、負け続けている。そのたびに、懸賞金が増えていく。これがいい刺激になって、すでに引退している有名なマタドールたちが、新たに、次から次へと、名乗り出ていた。

十津川は、その傾向を歓迎した。表の事業が成功していれば、世界《コスモ》興業の社長、東海元が、油断するに違いないと考えたからである。

さらに、十津川たちは、東海元が、軽井沢《かるいざわ》に別荘を、持っていることを知った。

東海の名義のものはないが、実際には、東海元が所有する別荘だという。何か新しい興行を考える時、あるいは、何か問題が起きた時などに、東海元は、その軽井沢の別荘に行って考えるらしいと分かって、若い二人の刑事が、すぐパトカーで、軽井沢の別荘に向かった。三田村《みたむら》と日下《くさか》の二人の刑事である。

旧軽井沢にあると聞いて、その地区の駐在所の巡査長に、東海元の別荘があるかを単刀直入《たんとうちょくにゅう》にきいてみた。

しかし、駐在所の巡査長は、旧軽井沢の、この地区の別荘で、所有者が、東海元という名前のものはないと、いった。

二人の刑事は、きき方が、間違っていたことに気がついた。別荘の名義が東海元にはなっていないと、聞いていたからである。

二人の刑事は、東海元の写真を何枚か、駐在所の巡査長に見せて、

「所有者の名前は、分かりませんが、この東海元という男が、使っている別荘があっ

たら、教えてもらいたいんですよ」

と、日下が、いった。

すると、名義人は崎田昭雄《さきたあきお》という、別荘があり、その別荘に、写真の、東海元らしき男が、出入りしているのを見たことがあるという。

二人の若い刑事は、顔を見合わせた。崎田昭雄という名前に、聞き覚えがあったからである。

あの十人の中の一人の名前が、崎田昭雄と分かっていたのだ。

二人はすぐ、十津川に報告してから、巡査長に案内してもらって、その別荘に、行ってみた。

白樺《しらかば》の林の中に建つ典型的な別荘である。

二人の刑事が訪ねていった時、誰も、中にはいなかった。玄関にも勝手口にも、錠が下りていた。

二人は十津川に連絡した。

「問題の別荘は見つかりましたが、現在、鍵《かぎ》がかかっていて、中に誰かがいるようには、見えません。どうしたらいいですか？」

十津川が、いった。

「山田真由美という東海元の個人秘書が、行方不明になっている。彼女のことをよく知っている、梶本記者によると、彼女は今、追われているらしい。早く彼女を見つけ出さないと、東海元によって口を封じられてしまうかもしれない。その別荘に、何か手がかりがあるかもしれない。したがって、家宅捜索の令状をもらっている暇《ひま》はないから、構《かま》わずに、錠を壊《こわ》して中に入り、別荘を徹底的に調べてくれ」

と、十津川が、いった。

「それで、構いませんか？」

と、日下刑事が、きく。

「今もいったように、一人の人間の生命が、危ないんだ。私が責任を持つから、構わずに踏み込め！」

と、十津川が、命じた。

幸い、近くに、他の別荘はない。二人の若い刑事は、派手に音を立てて、踏み込んだ。

二階建ての別荘である。

まず、明かりをつけてから、広い室内を調べていった。

だが、何も見つからない。

もちろん、家具も揃《そろ》っているし、本棚には、箱入りの英語の書物が並んでいる。しかし、その本には、中身がなかった。箱だけなのである。

（空振《からぶ》りか？）

と、思っている時、地下室があることが分かった。

八畳ほどの広さで、簡易ベッドが、二つ。それに、組立式のトイレも二つ見つかった。使用された形跡もあった。

「二人の人間が、この地下室に監禁されていたらしい」

と、日下がいった。

「岡本工業の社長の息子が、誘拐された時、家庭教師の男が一緒だったと聞いた。その二人が、この地下室に監禁されていたのかもしれない」

と、三田村が、いった。

「四国から、だと、遠いな」

「遠いから、見つかりにくいということもある」

二人は、十津川に電話した。

「人質二人が、この地下室に監禁されていた可能性があります」

「証拠は？」

「ありません」

「すぐ、長野《ながの》県警に連絡して、鑑識を送る。その地下室に、岡本大輔と、家庭教師の指紋があれば、それが、証明される」

と、十津川が、いった。

「人質の岡本大輔は、解放されましたが、家庭教師のほうは、どうなったんですか？」

「それが、今も行方不明なんだ。名前は、黒川和之《くろかわかずゆき》。二十三歳。大学生だ。殺された可能性がある」

「分かりました。この別荘の周辺を調べてみます」

と、日下が、いった。

二時間後に、長野県警の刑事と、鑑識が到着して、地下室の指紋の採取を始めた。

鑑識は、岡本大輔と、黒川和之の指紋を取り寄せて来ていたので、指紋の照合は、すぐ行なわれ、結果が出た。

予想どおり、二人の指紋が、地下室で発見された。

これで、別荘の持ち主になっている崎田昭雄の逮捕状は取れるが、東海元の逮捕状は、難しかった。

予土線の車内の誘拐劇で、名前が出てくるのは、岡本大輔、黒川和之、それに岸本泰久、そして、崎田昭雄の四人で、東海元の名前は出てこないからである。

駐在所の巡査長は、東海元らしき人物を、時々、別荘の近くで目撃したというが、東海元だと、断言は、できないようだ。

あとは、問題の別荘のすべての部屋から、指紋を採取し、それと、東海元の指紋と照合することである。

しかし、東海元の指紋は、いっこうに、別荘から見つからなかった。用心深い男だから、別荘の中では、手袋をはめていたのかもしれない。

それよりも先に、家庭教師黒川和之の死体が、見つかった。

最初は、別荘の五百坪の庭のどこかに、埋められているのではないかと、考えられたのだが、さすがに、庭からは、見つからなかった。

死体が見つかったのは、軽井沢と草津《くさつ》温泉の中間あたりに広がる森の中だった。

その森は、国有林だった。毎月一回、樹《き》の育ち具合を調べに来る営林署の人間が、変に盛り上がっている地面を怪しんで、掘ったところ、黒川和之の死体を発見したのである。

死因は、解剖された結果、後頭部にあった四カ所の裂傷だった。

たぶん、後頭部を、鈍器のようなもので、何回も強打されたのだ。

これで、崎田昭雄と岸本泰久の二人に対して、誘拐と殺人容疑で、逮捕することが、できることになった。だが、岸本泰久は、すでに死亡しており、見つかった崎田昭雄は、逮捕されたあと、黙秘を続けた。

この二人との関係を、東海元にきくと、東海は、平然と、

「よく知っていますよ。毎回、興行ごとに契約して、働いてもらっていますから」

と、いい、その契約書を、刑事に見せた。

確かに、興行ごとの契約になっていて、おまけに、

〈お互い、プライバシーには立ち入らぬこと〉

の一行まで、書き込まれていた。

「私は、私の興行以外に、彼らが、どこで何をやっているか、何度も、いいますが、知らないのですよ。とにかく、一人一人が、それぞれに才能を持っていて、安心して、興行を任《まか》せられました」

「他の八人も、よくご存じですね？」

「もちろん、知っていますし、その名前は、すでに、警察に、お伝えしているはずですよ」

と、いって、東海は、笑顔を作った。

「確かに、全員の名前を聞きましたが、住所も、電話番号も聞いていませんよ」

と、十津川がいった。

それに対しても、東海は、ニッコリして、

「ですから、私も、知らないんですよ」

「それなら、興行を始める時、どうやって、連絡するんですか？」

「それがですね。私は、一つの興行を打つ時は、それを新聞に発表するんです。それを見た連中が、向こうから、連絡してくるんですよ。したがって私のほうから、彼らに連絡しなくてもいいんです。いい関係だとは、思いませんか？」

それで、東海元の聴取《ちょうしゅ》は、行き詰まってしまった。

その間に、梶本が、十津川に連絡してきていた。

「今、四国にいますが、山田真由美さんが、下灘から姿を消しました。もう一つ、彼女は追われていて、逃げた形跡があるんです」

と、梶本は、いった。

十津川は、その理由をきくと、彼女が、ＧＰＳの機能のついた携帯を、わざわざ、レンタカーの底に貼りつけていったことを話した。

「たぶん連中は、そのGPSから、彼女の居所《いどころ》の見当をつけて、追いかけていたんだと思います」

「それで、携帯を捨てて、逃げたんですか？」

「そうです。しかし、そのため、こちらから、彼女に連絡できなくなりました」

「それでは、まったく、どこにいるのか、分からないんですか？　手がかりなしですか？」

「一つだけ、手がかりらしきものは、残っています」

「どんな手がかりですか？」

「彼女は、四国では、レンタカーを使っていたんですが、返す時、車で、四国八十八カ所巡りをやっていて、ただ、まだ途中で、残りの寺は、十二カ所だといったそうです」

「追われているのに、呑気《のんき》なものだが、ひょっとして、でたらめですか？」

「私は、わざと、八十八カ所巡りを、やったんだと思います」

「どうして、そう思うんです」

「自分を追っているのは、東海元一人だと思っているんじゃありませんか？　東海社長に対しては、複雑な感情を持っている。彼と対決するつもりなんじゃないかと思うんです。だから、わざと、八十八カ所巡りといい、残りは十二寺だともいったんではないかと思うんです。東海元は、それを知って、残る十二の寺に、やって来るだろうと」

「その可能性はありますか？」

「東海元は、山田真由美の足跡を追っているはずです。だから、八十八カ所巡りとか、あと十二寺といった予想ルートを残しておけば、山田真由美は、必ず、東海元が、追いついてくると信じているんだと思います。新幹線ホビートレインが鍵だったことから、それは高知の寺である可能性が高いと思います」

「二人だけの対決ですか？」

「彼女としては、本当の東海元の姿を見たいんじゃありませんか？」

「しかし、危険でしょう？」

「彼女は、東海元を疑いながら、どこかで彼を信じたい気持ちがあるのではないかと思います。最後に、それを確かめたいと」

「彼女の期待どおりになれば、いいんですが、東海元という男は、そういう人間ですか？」

「女性には、優しい男だと思います。しかし、最後には、自分を取るだろうと思います」

「つまり、彼女を殺して、自分を助ける？」

「そうです」

「これから、どうする気ですか？」

「自分の予想どおりになるか、見とどけようと思っています」

「つまり、残りの十二の寺に行ってみるということですか？」

「彼女が、十二寺巡りをやれば、そのどこかの寺で、東海元は、追いついてくるだろうと、思っています」

「われわれも、四国に行きますよ。最後のシーンを見届けたいですから」

と、十津川は、いった。

「しかし、彼女の邪魔をしないで、危なくなったら、飛び出してください」

と、梶本は、いった。

「刑事たちにも、よくいい聞かせましょう」

と、いって、十津川は電話を、切った。

梶本は、高知県の地図と、高知県内の寺の名前を書いた手帳を持って、高知市に来ていた。

十津川に、自分の考えを伝えたが、その考えが、適中しているという自信は、持てなかった。

いわば、梶本の勝手な想像である。

当たっているかもしれないし、的外《まとはず》れかもしれないのだ。

しかし、彼女の行方が、まったく分からないうえに、東海元が狙《ねら》っていることを考えれば、自信はなくとも、動くより仕方がないと、梶本は、覚悟していた。

6

そこで、梶本が、最初に行ったのは、高知市のデパートだった。

さすがに、八十八カ所巡りの四国の高知である。

巡礼コーナーがあって、そこには、巡礼に必要なグッズが、すべて売られていた。

白装束《しろしょうぞく》、手甲脚絆《てっこうきゃはん》、すげ笠、金剛杖《こんごうづえ》など、それを、片っ端から、買い求め、デパートの中で着がえて、脱いだものは、リュックに詰め込んだ。

次に、梶本は、これも市内のレンタカーの営業所に寄って、軽自動車を借りた。

本来の巡礼なら、歩いて廻るべきなのだが、今回は、巡礼自体が、目的ではなかった。山田真由美が現われ、それを追って、東海元が現われた時、彼女を守ることが、目的である。

二人が、徒歩で現われたら、問題はないが、車に乗っていたら、こちらも、車でなければ追いつけない。

それを考えてのレンタカーだった。それも小さな軽自動車にしたのも、考えてのことだった。

二人が軽に乗ってきて、細い路地に入ってしまった時、こちらが、大型車だったら、その路地に入れなくて、尾行ができなくなるのを恐れての軽だった。

それに、日本の一般の道路の制限速度は、最高でも、時速六〇キロだから、日本の軽なら、楽に出せるスピードである。

そんな細かいことまで考えての、今回の準備だった。

梶本は、また、警視庁の十津川に電話した。

「正直にいって、可能性は、五分《ぶ》五分《ぶ》だと思っています」

「ちょっと待ってください。実は、昨日、東海元に会って、少し話を聞いた捜査員が、いるんです。つまり、昨日は、東京にいたということです。その後の彼の行動を調べるから、待ってください」

十津川は、いい、しばらく待たせてから、

「興行中は、帝国ホテルに泊まることにしていましたが、昨日のうちに、チェック・アウトして、その後の行先は不明です。東京体育館にもいません」

と、いった。

「山田真由美の情報はありませんか？」

と、梶本は、続けてきいた。

「残念ながら、ありません。やはり、東京には戻っていないのではないか。そんな感じです。うちの刑事が、誰も、山田真由美の行方を摑めていませんから」

と、十津川がいう。

（これで、山田真由美が、高知の寺に現われる可能性が強くなったな）

と、梶本は、思ったが、

「がんばりますよ」

とだけ、いった。

第七章　最後の旅

1

十津川は高知県警の戸田警部、N新聞の梶本記者の三人で最後の打ち合わせをした。

行方不明の山田真由美が、現在、四国八十八カ所のどこかの寺に、行っていることは、まず間違いないと、三人とも、考えている。レンタカー営業所の、所員の証言では、残りの寺は十二カ所とも考えられたが、やはり念のため、八十八カ所すべての寺を、考慮に入れようということになったのである。そして、東海元が、彼女を捜《さが》していることも分かっている。

警察よりも先に、東海元が、山田真由美を見つけたらどうなるのかは、見当がつかない。二人の間には、愛情のようなものも感じられるから、すぐに、殺すことはないだろうが、山田真由美が、東海元のいうことを聞かなければ、危険な証人として、彼が彼女を殺すことも、考えられた。

そこで、何とかして、東海元よりも先に、山田真由美を、見つける必要があった。問題は、十津川たちが、いかにして、東海元より先に、山田真由美を、見つけ出せるかということである。

しかし、簡単には、その答えは出なかった。第一の理由は、四国八十八カ所の寺の位置だった。

十津川は、四国全体の地図を、ボードに貼りつけた。その地図には、八十八カ所の寺の位置と名前が、書き込まれている。

第一番札所《ふだしよ》から第八十八番札所までである。四国は、四つの県に分かれているが、番号がバラバラについているのではなくて、徳島県《とくしま》には第一番札所霊山寺《りようぜんじ》から、第十三番札所薬王寺《やくおうじ》、までの寺が置かれている。二番目は高知県で、ここにある札所には第二十四番札所最御崎寺《ほつみさきじ》から、第三十九番札所延光寺《えんこうじ》までの、番号が付けられている。三番目は愛媛県で、ここは第四十番札所観自在寺《かんじざいじ》から、第六十五番札所三角寺《さんかくじ》、までである。最後は香川県《かがわ》で、第六十六番札所雲辺寺《うんぺんじ》から、第八十八番札所大窪寺《おおくぼじ》、までが置かれている。

「問題は、はっきりしています」

十津川が、他の二人に、向かって、いった。

「問題は、この、八十八カ所の寺を、山田真由美が、いったい、どんなふうに、廻ろうとしているのかということです。第一番札所の霊山寺から番号どおりに、順番に廻ろうとしているのか、それとも、自分が気に入った寺に直接、番号を、飛ばして行こうとしているのか、これは、山田真由美を、追っていると思われる東海元についても、同じことがいえます。彼もまた、山田真由美が、現在どこの寺にいて、どう廻ろうとしているのか、どの寺に行こうとしているかについて思案しているはずです。ここで皆さんと、考えたいのです。よく考えて動きたい。ヘタをすると八十八カ所全部を廻らなければならなくなってしまいます。そうなれば、われわれが、東海元よりも先に、山田真由美を見つける可能性が、極《きわ》めて少なくなってしまいます」

もう一つの問題は、四国の県ごとで、そこにある寺に対して、それぞれ、魅力的な名前を付けて、いることだった。

例《たと》えば、徳島県では、「発心《ほっしん》の道場」と呼び、高知県では、「修行《しゅぎょう》の道場」、愛媛県では、「菩提《ぼだい》の道場」、そして最後の、香川県では、「涅槃《ねはん》の道場」と名付けていた。

いずれも魅力的な名前である。

それゆえ山田真由美が、「修行の道場」という名前につられて、高知県の寺に最初に行ってしまうかもしれない。「涅槃の道場」とか「発心の道場」とか、それぞれに、魅力的な名前があるから、どれかの名前につられて、彼女が途中の寺から、お参りを始めているかもしれないのだ。

この疑問に対して、まず、梶本が、自分の考えを、いった。

「普通の場合ならば、第一番札所の霊山寺から、最後の第八十八番札所大窪寺まで、八十八の寺を、番号どおりに廻っていけば、見落としは、なくなります。しかし、それでは時間がかかり、ヘタをすれば、東海元に先に、山田真由美を見つけられてしまう恐れがあります。だからといって、十番おき、二十番おきに、寺を廻って行ったのでは、なおさら山田真由美を捜すのが難しくなってしまうと思うのです。そこで、私は、賭《か》けてみる気になっています。最初は、松山でレンタカーを借りた彼女はたぶん、自分の気に入った寺、そこから巡礼を始めたのではないか。そう考えて、この答えに、賭けてみる気に、なっているんです。そこで何をするのか？　私は最後の寺、香川県にある、第八十八番札所大窪寺から、反対に廻ってみたいと思っているのです。それが一番いいかどうかは、分かりませんが、山田真由美に会えるチャンスを摑むには、この方法が一番いいのではないかと、考えたのです」

それに対して、高知県警の、戸田警部が、自分の考えを披露《ひろう》した。

「私は、山田真由美の性格から考えて、八十八カ所の札所のうち、途中の何番かの札所から始めるとは、思えません。彼女はおそらく、律儀《りちぎ》に、徳島県の第一番札所霊山寺から順番どおりに、廻っていくだろうと思うのです。彼女の目的が、自分の気持ちに素直になりたい。そういうことのようですから、途中の寺から廻るよりも、第一番札所の霊山寺から、番号どおりに、廻っていくのではないでしょうか？　それに、自分の足で、歩いて廻らなくても、車で廻ることも許されていますから、またレンタカーを借りて、廻っていくかもしれません。それで、私としては、徳島県の第一番札所霊山寺から、こちらも、車を使って廻っていこうと思っています」

最後に、十津川が、自分の考えをいった。

「私も最初は第八十八番札所、最後の大窪寺から、逆に廻ってみたいと、思ったのです。これが梶本さんが、いったように、山田真由美を最も見逃すことのない方法だと、思ったからです。ただ、四国の地図を見ると、徳島県から第一番札所の霊山寺が、始まって、高知県、愛媛県、そして、最後の第八十八番札所大窪寺が、香川県になっています。事件の始まった、予土線から見て、香川県は一番端の県で、徳島、高知、愛媛と廻って、最後にまた、一番離れた場所に、戻らなくてはならないのです。地図を見ただけでも、香川県は面積が狭くて、東海の手から、逃げたいと思っている、山田真由美が、香川県を狙《ねら》って、巡礼するとは思えません。それに、高知県は、山田真由美が、東海元と一緒に、宇和島に、牛を買いに行った時、初めて乗った予土線が、走っているところです。彼女が考えて、高知県最初に、巡礼しようとするのは、おそらく、鉄道ホビートレインが走っている、高知県で、ではないかと思うのです。そこで、私は、高知県の寺、第二十四番札所最御崎寺から、第三十九番札所延光寺までを、最後の第三十九番札所延光寺から逆に、巡っていこうと思っています」

「これで、それぞれが、バラバラに、八十八カ所の寺を、当たってみることになりましたね。私は、とにかく急いでいますので、最初の第一番札所霊山寺から、第二十三番札所薬王寺までがある徳島県に、行ってみたいと思います。それでは、時間がないので」

戸田警部は、応援にやって来た五人の刑事と一緒に急遽《きゅうきょ》捜査本部を、出ていった。

続いて梶本が、割り当てられた刑事を連れて、香川県に、向かった。

最後は、十津川たち七人である。彼らは、高知県の最後の寺、第三十九番札所の延光寺に、向かった。

2

十津川たちが二台の車に、分乗して、向かったのは高知県の最後の寺、第三十九番札所延光寺である。太平洋に近い。

高知県にある寺は、ほとんどが、太平洋に面している。そのせいか、明るい感じの寺が多かった。

第三十九番札所延光寺は、高知県宿毛《すくも》市にあった。

札所巡りで、十津川が、まず気づいたのは、どの寺にも、本堂と大師堂《だいしどう》が、あることだった。本堂には、その寺に祀《まつ》られている薬師如来《やくしにょらい》とか、不動明王《ふどうみょうおう》とかがあるが、もう一つの大師堂のほうは、すべて、弘法大師が祀られている。

お遍路《へんろ》さんたちは、本堂と大師堂の、二つを、お参りすることになる。どちらを先に、お参りしたほうがいいのかという議論も、あったらしいが、今は参拝者思い思いに、自由にお参りしているようだ。

延光寺は、七二四年、行基《ぎょうき》が開いた寺で、その後、弘法大師が、再建したといわれている。境内《けいだい》には、石造りの赤い亀が祀られている。言い伝えによると、この赤い亀は、竜宮城《りゅうぐうじょう》から贈り物を持って、やって来たといわれているらしい。

何人かのお遍路さんの姿があったが、その中に山田真由美は、いなかったし、東海元の姿もなかった。

ホンモノのお遍路さんならば一つの寺でゆっくりしていくところだが、十津川たちは捜査がある。境内を、一廻りチェックすると、簡単な聞き込みをして、すぐに、車に分乗して一つ手前の、第三十八番札所金剛福寺《こんごうふくじ》に向かった。

金剛福寺は高知の土佐清水市《とさしみず》にある。この辺《あた》りは空が高く、海もどこまでも青い。それも当然で、足摺岬《あしずりみさき》の突端《とったん》にある寺なのだ。

ここでは、お遍路姿の東海元をあからさまに捜すようなことはしなかった。集まっているお遍路さんたちを、脅《おど》かすのがいやだったからだが同時に、山田真由美にしても、東海元にしても、堂々と、お遍路をしているとは思えなかったからである。たぶん、二人とも、顔を隠すようにして、遠慮がちにお遍路をしているだろうと思ったからである。

十津川たちは、ゆっくりと、お参りをする形で、それとなく、境内に山田真由美と東海元を、捜した。

しかし、この、金剛福寺では、境内を、捜すより足摺岬を捜すほうが、大変だった。

この寺の外に、出ると、十五万本といわれる、ツバキのトンネルに、ぶつかる。そこを抜けると、突然、目の前に太平洋が現われる。ここは、たしかに、お遍路道なのだが、同時に四国第一の観光地なのである。

したがって、白い衣装の、お遍路さんよりも、一般の、観光客のほうが、圧倒的に数が多かった。

そのため、十津川たちは、ここでは、寺の中を捜すというよりも、足摺岬という観光地を捜すようなことになってしまった。

ここでも、山田真由美と東海元に出会うことは、なかった。

次は、第三十七番札所の岩本寺《いわもとじ》である。場所は高岡《たかおか》郡四万十町。山と四万十川の清流に、囲まれた静かなところに、岩本寺は、ひっそりと建っていた。こぢんまりとした感じの寺である。

ここには珍しく、五尊の本尊が、据《す》えられている。寺の話によれば、弘法大師が、ここに来た時、五つの寺に一尊ずつ、本尊を分けた。明治時代になって、五つの寺をまとめて、岩本寺を作ったという。

この岩本寺で、面白かったのは、本堂の天井に飾ってある、何枚もの絵である。その天井絵は一般から募集したものだという。応募した絵は、その巧拙《こうせつ》、題材を選ばず採用して天井全体に飾られているのである。

十津川が、というより刑事たちが面白がったのは、ほとんどの絵が花や海、山などを描いたものだったのだが、その中になぜかアメリカの女優マリリン・モンローを描いた絵が混じっていたことだった。

これを応募した人は、おそらく大らかな人だったのだろう。寺の天井に、マリリン・モンローは、似合わないが、誰もが、微笑するに違いない。

しかし、この寺でも、山田真由美も東海元も、見つからなかった。徳島県と、香川県に行ったグループも、まだ山田真由美も東海元も見つかっていないという。

十津川は、少しずつ不安に、なってきた。

山田真由美は、四国八十八カ所のお遍路巡りをしている。東海元は、彼女を捜していると、決めて、捜査を始めたのだが、もし、山田真由美が、お遍路の道を歩く気を、なくしていたら、この捜査は、完全な、空振りになってしまうのだ。

十津川は、少しずつ、捜索のスピードを上げることにした。第三十六番札所青龍寺《しょうりゅうじ》、第三十五番札所清瀧寺《きよたきじ》、第三十四番札所種間寺《たねまじ》と次第《しだい》に、スピードを上げながら廻っていくのだが、山田真由美と東海元の消息は、一向に、聞こえてこない。

十津川たちが、第三十番札所の善楽寺《ぜんらくじ》まで来た時だった。

寺に入る前、一応、どんな寺なのか、車の中で、概略が書いてあるパンフレットを、読んでから入ることにしていた。そのパンフレットによると、明治時代の廃仏毀《はいぶつき》釈《しゃく》で、善楽寺は一時、廃寺に、なってしまったが、それを、地元の人たちが、昭和四年に再建したのだという。

そういえば、四国八十八カ所の寺の中でも、いくつかの寺が明治時代の廃仏毀釈で、一時、廃寺になったという、経歴を持っていた。

この寺の境内には、女性たちの、安産を祈ったという子安地蔵堂《こやすじぞうどう》がある。

そんなことを思い出しながら、寺に入っていこうとすると、中から、突然、救急車が飛び出してきて、猛スピードで、十津川たちの脇を走り抜けて、いった。

十津川の顔色が変わった。第三十九番札所から、第三十番札所まで巡って行ったが、救急車のサイレンを聞いたことは、一度も、なかった。

本堂に入っていくと、お遍路さんたちが、集まって、何かを、話していた。

十津川が、声をかけると、お遍路姿の女性が、

「子安地蔵堂のそばで、若い女の人が、倒れていたんですよ。何か、薬を飲んだようで、苦しがっていたので、すぐに、このお寺のご住職に、連絡したら、ご住職が、あ

わてて救急車を呼んだんですよ。女性は、今運ばれていきました」

と、いう。

「薬を飲んで自殺を図《はか》った女性の名前は、分かりますか？」

「分かりませんよ。何しろ、名前を聞いているヒマなんかなかったし、すぐ救急車を呼んで運んでいってもらいましたから、名前は、分かりません」

と、相手が、いった。

十津川は、すぐ住職に会った。

話を聞くと、住職も同じようなことをいった。

「子安地蔵堂のほうで、お遍路さんたちが、騒いでいたので出てみたら、お遍路姿の若い女性が、倒れていたんですよ。声をかけてもまったく返事がないから、たぶん薬でも、飲んだのではないか、そう思ってすぐに救急車を呼びました。名前は、分かりません。子安地蔵堂に、行ってみると、その倒れていた女性が置いていったと思われる金剛杖《こんごうづえ》や、笠などが、そのままになっていました。しかし、倒れた女性の名前や住所が分かるようなものは、救急搬送でしたので、見ておりません」

「運ばれていった病院がどこにあるか、分かりますか？」

十津川が、きくと、住職が、高知市内の病院の名前と、場所を教えてくれた。

十津川は刑事たちを寺に残し、亀井と二人で病院に、向かった。

十津川はショックを受けていた。

もし、薬を飲んだ若い女性というのが、山田真由美だとすれば、十津川たち警察は、ミスをしたことになってしまう。

十津川の予感は、当たった。救急車で運ばれた若い女性は、山田真由美であり、病院の話では、すぐに薬を、吐き出させようとしたのだが、間に合わなかったという。

「青酸死《せいさんし》ですよ。おそらく、持って歩いていたのでしょうね」

と、彼女の手当てをした、医者が、いった。

十津川たちは、遺体を、見せてもらうことにした。遺体は、霊安室ではなくて、まだ、病室に横たえられていた。一瞬、山田真由美には、見えなかった。それは、白い装束《しょうぞく》で横たわっていたからだろう。

「遺書はありませんでしたか？」

と、十津川が、きいた。

「善楽寺のご住職の話では、そういうものは、なかったそうですし、私も見つけていません。今もいったように、彼女は、青酸カリを持っていて、その上お遍路を、していたんですから、覚悟はあったと思いますね」

医者が、いった。

「この女性の名前が、分かっているのなら、教えていただけませんか？」

と、医者が、続けて、いった。

「地元の警察に、届けを出さなくては、なりませんので」

とも、いう。

「実は、この女性のことについては、しばらくの間、内密にしておいていただきたいのですよ」

と、十津川が、いった。

「それはどうしてですか？　ご家族の方は、一刻も早く知らせてもらいたいと思いますけど」

「実は、殺人事件が絡《から》んでいるのです。ですから、われわれとしては、どうしても犯人を捕まえたいのです」

「いや、彼女は完全な自殺ですよ。ですから、犯人というのは、いないのではありませんか？」

と、医者が、いった。

「たしかにそうかもしれませんが、しかし、この女性を自殺に追いつめた男がいるのです。だから、ある意味で、彼がこの女性を殺したとも、いえるのです」

十津川は、警察手帳を見せて、医者を納得させることにした。その後、十津川たちは、善楽寺に戻り、今度は、住職にも同じことを、頼んだ。

「彼女のことを、電話で聞いてくる男がいるかもしれません。もし、そんな電話がかかってきたら、彼女は、今お遍路さんの恰好をして、善楽寺に、来ていると、伝えてください」

その後、十津川は、高知県警の戸田警部と、N新聞の記者、梶本に、電話をかけ、第三十番札所、高知の善楽寺に、大至急、来てくれとだけ伝えた。それだけ伝えれば、善楽寺で何があったのか、想像がつくだろうと、考えたからである。

その日のうちに、戸田警部と梶本記者が善楽寺にやってきた。改めて十津川は、二人に、第三十番札所善楽寺の、子安地蔵堂の近くで、お遍路姿の山田真由美が、青酸カリで自殺を図り、すぐに救急車で、高知市内の病院に運ばれ、手当てを受けたが、間に合わなかったことを話した。

戸田警部は、一瞬、怒ったような顔になったが、それでも、落ち着いて、十津川の話を聞いてくれた。

梶本は、十津川の話を聞いて、怒りを必死で抑《おさ》えている顔になった。

「山田真由美が死んだのは、東海元のせいですよ」

と、梶本が、いった。

「私もそう思います。しかし、証拠はありません」

十津川が、いった。

「それでは、すぐ、司法解剖をしてください」

梶本が、声を大きくした。この男は、本気で、山田真由美を愛していたのだと思った。

「もちろんわれわれも、司法解剖をやる必要があると、思っていますよ」

十津川は、すぐ県警に電話を入れ、十津川の名前で、というよりも、警視庁捜査一課の名前で司法解剖を、頼んだ。県警も、それに同意した。

夜になったので、十津川は、いったん、高知市内のホテルにチェックインすることにした。依然《いぜん》として、東海元の居どころは、分からなかった。

翌日の朝から、司法解剖が始まった。

それでも、東海元の消息は、依然として摑めない。フジヤマ号だけでも行なっている闘牛のショーは、相変わらず、東京では評判になっているらしいが、そこにも東海元の姿はないと、東京にいる刑事が報告してきた。

そのうちに、四国八十八カ所巡りに絡んで、奇妙な噂《うわさ》が、聞こえてきた。

八十八カ所の札所の第一番札所霊山寺のある土地から、他の札所へ電話をしている男がいるというのである。徳島県にある、第十一番札所藤井寺《ふじいでら》から、順番に電話をしているというのである。

電話の内容は、決まっていて、ひとりの女性の顔立ち、背の高さなどを、いったあとで、この女性が、そちらのお寺に、お参りに行っていませんか？　もし、行っていたら、そこにとどまっているように伝えてください。大事な話があるので、というのである。

一日に五つの寺、第十一番札所藤井寺から第十五番札所國分寺《こくぶんじ》に、電話をしてきて、全く、同じことを言うのだという。二日目には、第十六番札所観音寺《かんおんじ》から、第二十番札所鶴林寺《かくりんじ》まで、三日目には、第二十一番札所太龍寺《たいりゆうじ》から、第二十五番札所津照寺《しんしようじ》までの寺に、同じように一日に五カ所、男は同じ内容の電話を、してくる。一日で全部の寺へでなく、なぜか五カ所ずつなのだという。

その電話をかけている男は車で来ていて、一日に一カ所、車の場所を前進させているようだという。つまり、第一番札所霊山寺のある場所の、旅館に泊まり、第十一番札所藤井寺から、第十五番札所國分寺まで、電話をし、二日目は第二番札所極楽寺《ごくらくじ》近くの旅館に泊まって、第十六番札所観音寺から、第二十番札所鶴林寺に、電話をするというように、電話をかけながら、少しずつ移動しているらしいという。

電話を受けた、寺の住職が、奇妙な電話だということで、他の寺の住職に話し、その話が、十津川たちのところまで伝わってきたのである。

十津川が、戸田と梶本にも、この話をすると、

「東海元だ」

梶本が、反射的に、叫んだ。

十津川は、戸田警部たちとも相談して、第三十番札所善楽寺で相手を待ち伏せすることに決めた。

もちろん、善楽寺の住職には、その男から電話があったら、打ち合わせどおりに、この寺の境内にある子安地蔵堂で、若い女性が毒を飲んだ。しかし、その場で吐き出したので、何とか命だけは、助かりそうだと、相手に、そう伝えてくれるように頼んだ。

そうしておいて、十津川たちは、じっと、待った。

そして、男から善楽寺に、電話が入った。

住職が、十津川にいわれたとおりに、男の電話に応対した。相手は、

「すぐに、行きます」

と、いってから、言葉を続けて、

「私が行くことは、誰にもいわないでください。彼女が、また、自殺を図ったりしたら困りますから」

と、いった。

その日、十津川たちは、善楽寺の周囲に警戒網を敷いた。一度、善楽寺の境内に入ったら、絶対に、そこから、出さないようにするためである。

昼過ぎになって、電話の男が、外車のスポーツカーで、善楽寺に乗りつけてきた。

十津川は、危険な状態になるかもしれないと考え、たまたま、この善楽寺にやって来ていたお遍路さんたちを、次の第三十一番札所竹林寺《ちくりんじ》のほうに、行ってもらうことにしていた。

男はスポーツカーを降りて、境内に入ってきた。途端に、境内の静かさを、不審に思ったのか、

「私はお遍路ではありませんが、一応、お参りをさせていただきます」

と、いった。

そんな男の態度に、かえって、住職のほうがあわててしまって、

「さっき電話をかけてこられた方ではないんですか？」

と、きいてしまった。

「いいえ、私は、電話なんかしていませんよ。たまたま、近くを通りかかって、何となく、このお寺が、気に入ったんですよ。それで、お参りに、来たのですが、もともと、信仰心のうすいほうですから、すぐに、おいとまします」

男は、急に、スポーツカーのほうに戻っていった。

途端に、十津川たちが、ワッと、この男を、取り囲んだ。

「東海元だね？」

と、十津川が、いった。

「そうです。東海です。そちらは、たしか十津川警部さん。変なところで、お会いしましたね」

東海が、笑った。

「君は、いったい、何の用があって、この寺に来たんだ？」

と、十津川が、きいた。

「たまたま、この寺の前を、通ったら、ちょっと寄りたくなったんです。ただ、それだけのことですよ」

「山田真由美さんなら死んだよ」

と、梶本がいうと、東海元は、顔色一つ変えずに、

「そうですか、彼女、死んだんですか。知りませんでした」

「この寺の境内に、子安地蔵堂というのがある。そこで、毒を飲んで死んだ。すぐに救急車で高知市内の病院に運ばれたが、助からなかった」

「そうですか、それなら、もう用はないから、帰らせてくれませんか？」

と、東海元が、いった時、十津川の携帯電話が鳴った。耳に当てる。

「司法解剖の、結果が出ましたよ」

「どうでした？」

「青酸カリによる中毒死は、変わりませんが、亡くなった方は、妊娠していましたよ。それで、自殺の理由が、少し分かったような気がしたんですが」

と、電話をしてきた刑事が、いった。

「妊娠していた？　本当ですか？」

思わず、十津川が、声を、大きくすると、それを聞いていた梶本が、いきなり、東海元の顔を殴《なぐ》りつけた。

「何をするんだ！」

と、東海が、叫ぶ。

「彼女を殺したのはお前だ。だから、彼女に代わって、殴ってやったんだ」

と、梶本が、いった。

「君を逮捕する」

と、十津川が、いった。

「逮捕って、いったい何の罪で、私を、捕まえるというんですか？　山田真由美が死んだのは自殺なんでしょう？　私とは、関係ない」

東海元が、冷静にいった。

「彼女の死とは関係ないんだよ。君は、まだ確認していないだろうが、今日の午前一〇時頃、成田空港で、五人の男女が緊急逮捕された。五人の名前は、中島修司《なかじましゆうじ》、三十歳、田中俊雄《たなかとしお》、三十歳、松村剛志《まつむらたけし》、二十九歳、石坂勝二《いしざかかつじ》、四十二歳、そして、大野《おおの》美枝子《みえこ》、二十八歳、この五人だ」

「その五人がどうしたのですか？　私は、そんな五人なんて、知りませんよ」

「いや、君が、知らないはずはないだろう。君が、何か大きなイベントをするたびに、集めていた十人の中の五人だよ。名前を、教えてくれただろう。成田空港で逮捕されたんだ。容疑は、殺人、誘拐、それから恐喝《きようかつ》だ」

「それなら、私とは何の関係もない」

「実は、この五人なんだがね、残りの三人のこと、それから仲間割れで死んだ岸本泰久、四十歳、軽井沢で逮捕された崎田昭雄、三十八歳、この二人のことも自白した。誘拐も殺人も、すべて、君の指示でやったと自供しているんだ。君は、彼らに正当な分け前を渡さずに、東南アジアに逃げて、しばらく何もせずにかくれていろと命令したそうじゃないか。そんなことをするから、連中が、君を裏切るようなことになったんだ」

　と、十津川が、いった。

「十津川さんは、今いろいろと、作り話をしてくれましたが、何度でも、いいますが、私は関係ありませんよ」

「だが、こちらは、緊急逮捕で、君を拘束《こうそく》できるんだ」

　と、十津川が、いう。

　亀井刑事が、ゆっくりと東海元に手錠をかけた。

3

逮捕された東海元は、いったん高知警察署に身柄を送られた。その後、十津川が、梶本に、きいた。

「山田真由美のことが好きだったんですか?」

「ええ、もちろん、好きでしたよ。好きだから、この高知まで、来たんです。犯人を捕まえて、彼女を、助けたいと思いましてね」

「彼女のお腹《なか》の子は、君の子じゃないんですか?」

「いや、私の子じゃありません」

「どうして、それが分かるんですか?」

「実感です。それに、もし、私の子だったら、彼女は自殺なんかしなかったと思いますね。彼女は、得体の知れないあの男と関係ができてしまったことに、後悔して、自殺してしまったんだと、私は今、そんなふうに、思っています」

「それで、これからすぐ東京に帰るんですか?」

「いや、できたらこの高知で、山田真由美の葬式を挙げて、やりたいのです。彼女、家族はいないそうです。遺骨にして、東京に帰りたい。私にやってあげられるのは、それぐらいしかありませんからね」

「あまり自分のことを、責めないほうがいいですよ」

「いや、別に、自分を責めたりはしませんが、それでも、いかに、自分がバカだったか分かってきました。もう少し、積極的に彼女と付き合っていたら、あるいは、彼女を助けられたかもしれない。そんな後悔ばかりが、起きるんですよ。やっぱり私は、のろまで、バカな男です。女一人助けられなかったんですから」

と、梶本は、繰り返した。

十津川は梶本と二人で、山田真由美を司法解剖した、高知市内の病院に向かった。

司法解剖をした医者が、

「どんな事件だったのですか？」

と、きくので、十津川は簡単に説明した。

山田真由美の司法解剖の結果は、警視庁、高知県警に、報告され、その後、高知市内で、荼毘《だび》に付されることになった。

梶本は、

「彼女の出身が、どこか教えてください」

と、いった。

「私も知らないんです。当然、あなたが、知っていると思っていたんですが」

「彼女に、聞いておけばよかったんですが。そういうところまで、気が廻らなかったんだから、どう考えても、男としては、失格です。東海元なら知っているかもしれませんよ」

と、梶本が、いう。

「どうして、そう、思うのですか？」

「あいつのほうが私よりも、女性に対してはうまく立ち廻るからですよ。おそらく、抜け目なく、生まれた土地のことだって、聞いていたに違いありません」

そんな梶本の言葉に、十津川は、つい、笑ってしまった。

「それならわれわれ警察のほうで、調べますよ。そのぐらいのことでしたら、簡単ですからね」

と、十津川は付け加えた。

「出身がどこかが分かったら、山田真由美の遺骨は、あなたが、持っていってあげたほうがいいでしょう。殺人事件なら、警察がやることですが、これは、自殺ですから」

その後、東京に帰る飛行機の中で、梶本が、十津川に、きいた。

「成田空港で例の十人組のうちの五人が、逮捕されたというのは、本当なんですか？」

「ええ、もちろん本当ですよ」

「どうして簡単に捕まったんですかね？　今までずっと、あの十人組は、うまく立ち廻っていたじゃありませんか？」

「それは、梶本さん、あなたのせいですよ」

と、十津川が、いった。

「私のせい？」

梶本は、面食らった顔で、

「意味が分かりませんが」

「東海元は、今までは十人組とうまくやってきたんですよ。儲《もう》けは、半々で、というよりも、東海元が十分の四を取り、残りの十分の六を、十人に、渡していたんです。それで、うまくいっていたんです。ところが、そこに、山田真由美という一人の女性が、現われました。しかも、彼女には、あなたという強力な、ライバルがいました。そこで、東海元は本気になって、山田真由美が好きになってしまった。東海は、三千万円もの指輪を彼女に贈った。そうなると、十人の仲間に渡していた金が、惜《お》しくなってきたんですね。まあ、男なんてものは、大体そんなものですがね。突然、儲けの分け前が、少なくなってしまった十人は、今は、九人ですが、怒って、勝手に東南アジアに、逃げることを考えたんですよ。犯罪者が海外に逃亡するとなると、普通なら偽名を使い、偽造のパスポートも用意するところなんですけどね。腹を立てていたものだから、本名で成田空港に、行ってしまった。こちらも十人組については一応、空港などに手配を、していましたからね。簡単に逮捕できました。これはすべて、あなたの、おかげです。だから、もう少し、男としての自信を持ってください」

と、十津川が、いった。

十津川が、すぐに、自分たちが調べた山田真由美の郷里についての情報を、梶本に教えると、梶本は十津川と別れて、遺骨を持って、十津川が教えてくれた彼女の郷里に向かった。

4

東海元は、十人組のうちの九人と一緒に殺人、誘拐、脅迫などの容疑で、起訴され、公判が始まった。

東海は、儲けた金の半分以上を、注《つ》ぎ込んで、有名な弁護士十人を雇《やと》い入れ、公判に臨んだ。

検察側は最初のうち、難しい裁判になるかもしれないと思っていたようだが、意外にも、最初から検察側の優勢で進展した。それはすべて東海元と同時に起訴した九人の男女のせいだった。

九人が口裏を合わせて、東海元を擁護《ようご》したら有罪にするのは、難しいのではないかと、最初は思った。東海元自身は、誘拐の場合でも殺人の場合でも、自分の手は汚さずに、十人（うち一人は死亡）にやらせていたからである。

しかし、九人が、ボスの東海元のためにまったく証言せず、逆に、東海元の黒い部分を、法廷で一斉《いっせい》に証言し始めたのである。

すべて、東海元が急にケチになって、九人（十人）に対する儲けの分け前を、削りだしたからだった。

九人のうちの一人が、こう証言した。

「東海社長は、頭が切れて仕事ができ、性格もおおらかで、われわれのことをいつも第一に、考えてくれている、そう思って尊敬していたんですよ。ところが、突然、われわれに、相談もなく、山田真由美という女性の秘書を雇ってしまった。その上、彼女に対する態度が、次第に、おかしくなっていったんですよ。いつも東海社長は、冷静で、女性に惚《ほ》れるようなことはしない。いつも君たちと一緒にいる。そういっていたのに、社長もやっぱり、ただの男だということが証明されてしまったんです。山田真由美にやる金は、いくらでも、惜しくないのに、われわれに対する分け前を、ケチり出したんですよ。そうなれば、われわれだって、東海社長のために命をかけて、働く気もなくなるし、彼を助けるような証言をする気もなくなりますよ。それは俺だけじゃなくて、他の八人だって、同じ気持ちです。だから、今まで頭の中にしまい込んでいた本当のことを、これから、どんどんしゃべってやりますよ。これはもう東海社長の自業自得なんだ」

と、男が、いったのである。

「社長とは、一番古い仲間だった岸本泰久だけが、社長に告げ口をしそうだったので、多摩川の河原で、殺してしまいました。警察への、東海社長と関係があるという密告の手紙も、われわれです」

そんな公判の最中に、突然、十津川に梶本からの電話が入った。

「どうですか、久しぶりに、夕食をご一緒にしませんか？　刑事さんは、給料が安いんでしょうから、今日は、私が、おごりますよ」

と、梶本が、いった。

十津川自身も、久しぶりに梶本に会いたくなって、いつもの新宿の中華料理店で彼に会うことにした。個室に入って、夕食をともにした。

「今まで、連絡が全然ありませんでしたね。あなたの聴取も必要なのですが、どうしていたんですか？」

と、十津川が、いうと、

「忙しかったんですよ」

「どうして忙しかったんですか？ そうか、新聞記者というのは、事件がなくても、毎日いろいろと、忙しいんですね」

「実は、N新聞を辞《や》めようと思っているんです」

「どうしてですか？ N新聞といえば、マスコミの中では、かなりいい会社じゃないですか」

「二、三日前まで、山田真由美の故郷にいたんです」

「それで？」

「彼女に代わって、一族のお墓参りなんかもしてきましたよ」

「新聞社は、本当に辞めるのですか？」

「そうですね。彼女の田舎《いなか》が、気に入りましたから、ひょっとすると、向こうで、生活するようになるかもしれません」

と、梶本が、いった。

「何だか、今回の事件で、人生観が変わったみたいですね」

「ええ、たしかに変わりましたよ。それにしても、公判のほうは、うまくいきそうじゃないですか」

「それは、あなたのおかげです。東海元というボスが、あなたというライバルが出てきたので、山田真由美を、自分のものにしようとして、手下の連中に、ケチになったんですね。それで連中が争うように、東海元の悪口をいい始めたんです。ああなったら、いくら優秀な弁護士を何人も集めたって、どうしようもありません。終わりですよ。ですから、あなたのおかげなんです」

と、十津川が、いった。

「そうですか」

と、いったが、梶本は、その後、黙り込んでしまった。

「どうしたんですか？」

と、十津川が、きくと、

「彼女の故郷に、彼女によく似た娘さんがいるんですよ」

「それで？」

「いいですね、あの若さ、そして、山田真由美と同じ美しさ。ひょっとすると、もう東京には、帰ってきませんから、十津川さんとは、これが最後の食事ということになるかもしれません」

と、梶本が、笑った。

「勝手なことをいって」

と、いったが、十津川も、一緒になって笑っていた。

編集部注・この作品は、月刊『小説ＮＯＮ』（祥伝社刊）平成二十九年二月号から八月号まで連載され、同年九月小社ノン・ノベルから刊行されたものです。

本作品はフィクションですので、実在の個人・団体、列車などとは一切関係がありません。また、ホビートレインとトロッコ列車は通常は連結されません。ダイヤは出かける前に必ずお調べください。

一〇〇字書評

切り取り線

購買動機（新聞、雑誌名を記入するか、あるいは○をつけてください）

□（　　　　　　　　　　　　　　）の広告を見て
□（　　　　　　　　　　　　　　）の書評を見て
□ 知人のすすめで　　□ タイトルに惹かれて
□ カバーが良かったから　　□ 内容が面白そうだから
□ 好きな作家だから　　□ 好きな分野の本だから

・最近、最も感銘を受けた作品名をお書き下さい

・あなたのお好きな作家名をお書き下さい

・その他、ご要望がありましたらお書き下さい

住所	〒				
氏名		職業		年齢	
Eメール	※携帯には配信できません	新刊情報等のメール配信を 希望する・しない			

この本の感想を、編集部までお寄せいただけたらありがたく存じます。今後の企画の参考にさせていただきます。Eメールでも結構です。

いただいた「一〇〇字書評」は、新聞・雑誌等に紹介させていただくことがあります。その場合はお礼として特製図書カードを差し上げます。

前ページの原稿用紙に書評をお書きの上、切り取り、左記までお送り下さい。宛先の住所は不要です。

なお、ご記入いただいたお名前、ご住所等は、書評紹介の事前了解、謝礼のお届けのためだけに利用し、そのほかの目的のために利用することはありません。

〒一〇一-八七〇一
祥伝社文庫編集長　坂口芳和
電話　〇三（三二六五）二〇八〇

祥伝社ホームページの「ブックレビュー」からも、書き込めます。
www.shodensha.co.jp/
bookreview

祥伝社文庫

十《と》津《つ》川《がわ》警部《けいぶ》　予土線《ローカルせん》に殺意《さつい》が走《はし》る

令和 2 年 9 月 20 日　初版第 1 刷発行

著　者　西村《にしむら》京太郎《きょうたろう》

発行者　辻　浩明

発行所　祥伝社《しょうでんしゃ》
東京都千代田区神田神保町 3-3
〒 101-8701
電話　03（3265）2081（販売部）
電話　03（3265）2080（編集部）
電話　03（3265）3622（業務部）
www.shodensha.co.jp
印刷所　堀内印刷
製本所　ナショナル製本
カバーフォーマットデザイン　芥 陽子

 ISBN978-4-396-34669-0 C0193

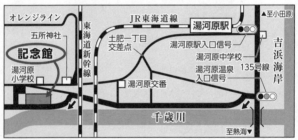

西村京太郎ファンクラブのお知らせ

会員特典（年会費2200円）

◆オリジナル会員証の発行
◆西村京太郎記念館の入場料半額
◆年2回の会報誌の発行（4月・10月発行、情報満載です）
◆抽選・各種イベントへの参加（先生との楽しい企画考案中です）
◆新刊・記念館展示物変更等のハガキでのお知らせ（不定期）
◆他、追加予定!!

入会のご案内

■郵便局に備え付けの郵便振替払込金受領証にて、記入方法を参考にして年会費2200円を振込んで下さい　■受領証は保管して下さい　■会員の登録には振込みから約1ヶ月ほどかかります　■特典等の発送は会員登録完了後になります

[記入方法] **1枚目**は下記のとおりに口座番号、金額、加入者名を記入し、そして、払込人住所氏名欄に、ご自分の住所・氏名・電話番号を記入して下さい

00	郵便振替払込金受領証	窓口払込専用
口座番号　　　　　百十万千百十番	金額　千百十万千百十円	
0 0 2 3 0 - 8 -　　　1 7 3 4 3	2 2 0 0	
料金　　加入者名　**西村京太郎事務局**（消費税込み）　特殊取扱		

2枚目は払込取扱票の通信欄に下記のように記入して下さい

通信欄	(1) 氏名（フリガナ） (2) 郵便番号（7ケタ）※<u>必ず7桁</u>でご記入下さい (3) 住所（フリガナ）※<u>必ず都道府県名</u>からご記入下さい (4) 生年月日（19××年××月××日） (5) 年齢　　(6) 性別　　(7) 電話番号

※なお、申し込みは、<u>郵便振替払込金受領証のみ</u>とします。
メール・電話での受付は一切致しません。

■お問い合わせ（西村京太郎記念館事務局）
TEL 0465-63-1599